U0919665

# 春风过海

## ——作家视角下国际航运中心建设*10*年的大连

大连市港口与口岸局 编

大连出版社
DALIAN PUBLISHING HOUSE

**图书在版编目（CIP）数据**

春风过海：作家视角下国际航运中心建设10年的大连 / 大连市港口与口岸局编. —大连：大连出版社，2014.1

ISBN 978-7-5505-0610-7

Ⅰ.①春… Ⅱ. ①大… Ⅲ. ①报告文学—作品集—中国—当代 Ⅳ. ①I25

中国版本图书馆CIP数据核字(2013)第261186号

出 版 人：刘明辉
策划编辑：张 波
责任编辑：张 波 杨 钟
特约编辑：墨 迪
封面题字：王可俊
封面设计：田广元
版式设计：张 波
责任校对：金 琦
责任印制：阎 骋

出版发行者：大连出版社
地址：大连市西岗区长白街10号
邮编：116011
电话：0411-83620442
传真：0411-83610391
http://www.dlmpm.com
E-mail:dlszhangbo@163.com
印 刷 者：大连图腾彩色印刷有限公司
经 销 者：各地新华书店

幅面尺寸：170 mm × 230 mm
印 张：10
字 数：70千字
出版时间：2014年1月第1版
印刷时间：2014年1月第1次印刷
书 号：ISBN 978-7-5505-0610-7
定 价：28.00元

每一座城市，无论大小，都有其创立与发展的核心元素。

大连这座百年港城创立与发展的核心元素是港口，“以港立市、以港兴市”是这座城市发展的血脉。

一百多年前，黄海岸边宁静的小渔村，被晚清北洋通商大臣李鸿章“近岸老水，经年不冻，必定是良港”的奏折，搅动得热闹起来。急寻远东不冻港的俄国人，从海参崴一路南行，将马靴踩在了大连湾畔。急于实施大陆政策的日本人，也将木屐踏向这里。于是，两个侵略者在别人的土地上相互厮杀，把童年的大连蹂躏得伤痕累累。

新中国成立后，沐浴阳光的大连港，挺立在广袤的大东北前哨，成长为新中国的第二大港和外贸第一大港。可是，被体制性、结构性矛盾束缚了手脚的“共和国的长子”，在改革开放的经济大潮中，渐渐显得体力不支，被南方诸多小兄弟甩在了后面。

然而，“东北虎”注定要猛虎下山。

2003年10月，党中央、国务院实施东北地区等老工业基地振兴战略，将目光凝注在作为东北地区经济发展龙头的大连，指出：“充分利用东北地区现有港口条件和优势，把大连建成东北亚重要的国际航运中心。”

党和国家的战略决策，犹如春风吹过被寒冷压得平熨的海面，悸动着来自海洋深处的激情和活力，吹响了百年老港再振雄风的号角。

肩负重托的大连港口口岸人，励精图治、真抓实干，不断加快转变发展方式，不断创新服务管理模式，不断推进港航口岸稳定、协调、高效、安全发展，为大连市乃至整个东北地区的经济社会发展提供了有力的支持：

10年时间，港航事业发生了翻天覆地的变化。港口吞吐量从1亿吨增长到3.74亿吨；集装箱吞吐量从167万标箱增长到806万标箱；空港旅客吞吐量从342万人次增长到1334万人次。

10年时间，推动大连经济社会跨越式发展。城市环境不断改善，城市功能不断完善，经济社会发展不断加快，市民生活水平不断提高。

10 年时间，大连港拉动东北地区外向型经济发展龙头作用越来越明显。外贸进出口总额从不足 400 亿美元增加到近 2000 亿美元。

从某种意义上而言，国际航运中心就是现代化国际城市的代名词。世界上多数国际化大都市都是凭借港口资源优势发展起来的就是例证。因此，把大连建设成为东北亚重要的国际航运中心，既是大连建设现代化国际城市的目标，也是大连建设现代化国际城市的必要途径。

构筑现代化国际城市必须“两个轮子”并驾齐驱，既需要城市功能、经济增长、集疏运体系等硬实力，也需要城市文化、人文环境、体制机制等软实力。大连国际航运中心建设 10 年，硬实力建设成绩斐然，软实力建设如何?

2013 年夏，北京、上海、天津、福建、沈阳五城市以及部队的八位国内著名作家走进大连，全景式地阅读、体验、认知和感受百年港城的软实力，用文化人的视角，诠释出东北亚重要的国际航运中心建设 10 年的大连。

大连是蔚蓝色的。虽然饱经沧桑，依然坚毅挺拔。

大连是金黄色的。10 年硕果累累，未来充满活力。

大连是粉红色的。城市浪漫富庶，市民文明时尚。

大连是碧绿色的。市区环境优美，周边风景秀丽。

——作家视角下国际航运中心
建设 10 年的大连

每一种诠释都是不同视角下的细节，汇聚这些细节，则构成了大连多元城市文化的性格特征，而港口，却始终是无法躲开的符号。

事实正是如此。性格中融入了港口血脉的大连港口口岸人，以10年娴熟的驾驶技术，驾驭着承载建设东北亚重要的国际航运中心光荣使命的航船，行驶在春风沐浴过的海面，全速而稳健地奔向不远处的彼岸。

大连市港口与口岸局局长 高连

# 目 录



——作家视角下国际航运中心
建设 10 年的大连

肖克凡

天津文学院院长，国家一级作家，享受国务院特殊津贴专家。著有长篇小说《鼠年》《原址》《机器》《生铁开花》《天津大码头》等七部，小说集《赌者》《人间城郭》《你为谁守身如玉》《唇边童话》《爱情刀》等十部，散文随笔集《镜中的你和我》《我的少年王朝》。还有部分影视作品。电影《山楂树之恋》的编剧之一。作品数次在国内获奖。其中长篇小说《机器》获中宣部第十届“五个一”工程奖、首届中国出版政府奖，并入围第七届茅盾文学奖。

——作家视角下国际航运中心建设10年的大连

# 蔚蓝色的阅读：大连

○肖克凡

## 知晓大连

天津有一座著名的开启式铁桥，落成于旧时法租界，当时俗称“法国桥”。后来西方列强退出中国，中华民国政府收回外国租界，改“法国桥”为“万国桥”，以示和平。中华人民共和国成立了，翻身农奴把歌唱，它叫“解放桥”了。

解放，对于中国人民来说是个无比宏大的词语。解放桥也因此而显得宏大起来。

解放桥横跨在海河上。沿着海河右岸下游不远处，有一座河运码头，它旧称英商“太古码头”。进入新中国，它被人们称为“大连码头”，距离大连码头不远的地方，有一条名叫“大连道”的柏油马路。

我知道大连，完全因为这座“大连码头”，当然也包括“大连道”。为什么叫“大连码头”呢？因为天津人从这里登乘轮船，沿海河而下，直出

大沽口驶入渤海，前往大连。由于这座“大连码头”，我从小就知道远在大海那边有座名叫“大连”的城市。当然，那时候曾经叫“旅大”，乃是旅顺与大连的合称，就像武昌与汉口的合称叫“武汉”一样。

后来我知道，大连市有一条“天津街”，天津市有一条“大连道”，这是两座城市的互相赠予。

大连，这是我自幼得知的词语，几乎与知道北京同时。知道北京，因为它是首都。知道大连，因为它在水一方。

水，是大连这个词语的应有内容。海水，是大连这个词语的具象内容。多年后我为《胶东文学》题词：“两座半岛伸出两条胳膊，几乎将渤海围成一座大湖，只是上帝给这座大湖多撒了一把盐，这就成了味道咸咸的海。”

大连，就在“大湖”对岸，习惯以海里表达。在我的认知世界里，前往大连肯定是要乘船的，从来没有想过坐火车。大连，一个近在咫尺却隔海相望的地方。

## 大连初步

只要想起大连，便感觉那是一座沐浴在晨曦里的城市。我留下如此印象与首次抵达大连港口所见景象有关。那是20世纪80年代初，我首次乘船前往大连，记得船票不足十元钱。

夜海航行风平浪静，渤海湾宛若巨大无比的墨池，黑得令人恐惧。深夜大海无边，终于使人懂得，阳光下的蔚蓝只是大海的某种表情而已。大海表情多样多变，比如惊涛是它发出的欢笑。

一夜航行，大海渐渐褪尽墨色。微风轻至，晨曦初降，我走出船舱抬头远望，一座码头蓦然跃入视野，呈现在薄若轻纱的晨晖里。大连到了。

渐渐近了。首先看到候船室，老派风格的建筑。哦，这里也叫大连码头啊。这里才是真正的大连码头。我从天津的大连码头，来到大连的大连码头。我从彼大连码头来到此大连码头，这似乎蕴含着某种哲学意味。西方哲学家说，一个人不能两次踏进同一条河流。我呢，却经历了两座不同的大连码头。

随着人流下船，沿着码头长廊前行，首先是码头小广场。就

这样，我走进晨曦里的大连。晨曦，给这座海滨城市披了一层薄纱，透露出东方式的神秘。

多年后，我从《大连日报》记者周代红的采访里读到这样的文字："天津与大连，这两座城市相互张望，就如同两个人彼此打量，互相寻找借鉴意义。"

三十年前我首次走出大连码头，确实四处张望着，急于了解这座历史并不悠久却有着丰富内容的海滨城市。

太阳升起了。我回头瞭望大海，这是大连的大海。阳光大绽，大海渐渐呈现蓝色。是啊，从黄土高原发祥、被黄河滋养的中华民族，历来以黄土文化为特征。大连的蓝色属于海洋文化符号，海洋象征着开放与包容。开放与包容，这是蓝色的应有之义。

漫步大连城区，寻找着蓝色海洋文化的细节。一座城市的细节，无不透露着城市的性格。一处处细节，无言诉说着这座城市的秉性。

我站在20世纪80年代初期的大连街头，看到大连女人们衣着整洁光鲜，不声不响地走出思想禁锢地带，悄然之间与"南风北渐”的服装时尚接轨。她们以北国女子的挺拔秀美，成为海滨大连的独特风景。

我在八七疗养院附近遇见几位略施淡妆的中年女士，看着她们波浪式的新颖发型，暗红色的唇膏，闪亮的胸花……我被她们勇敢自信的精神感动了。中国改革开放初期，思想守旧的北方城市尚无时尚潮流，大连女人当仁不让走在前列。她们热爱生活，落落大方，敢为天下先，展示着中国女性的特有魅力。大连女人宛若灿烂之花，迎着早春时节的太阳，盛开了。

大连男人的口音近似胶东话，爽直而不乏幽默，有着一种去伪存真的冲击力。尤其大连男人将“海”说成“海儿”，听着极其生动——那么辽阔的黄渤海一下子被儿化韵了，颇具“笼而有之”的气概。

大连女人美丽端庄，大连男人豪爽坦荡，这是海洋赋予他们的性格。一个个大连人的性格汇集成为大连城市的整体性格。拥有 2211 公里海岸线的大连城市性格无疑是由海洋注定的。海洋，是大连的关键词。

## 宿命

大连历史并不悠久，它因年轻而充满活力。大连因港而兴，依港建市，以港兴市。与中国内陆城市相比，大连有着华洋交织的历史。行走在大街小巷，随处可见俄式和日式建筑，保留着中外文化交融的遗迹，见证着百余年来这座城市“被开放”的历史。

1898 年，经过土木工程师盖尔贝茨和萨哈罗夫勘定，俄皇尼古拉二世敕令在中国大连湾南岸建设码头，这就是沙俄梦寐以求的“西伯利亚最大码头”。俄国财政大臣维特为其命名为“达里尼”，俄语意为“远方”。

这是沙俄的远方，却是中国东北的领土。从此租借旅顺口，开发大连港，延伸东清铁路……这座城市在屈辱与抗争中写下自己的历史。

港湾桥、达里尼市政大楼、东清铁路轮船公司……大连城区留存至今的桥梁与建筑，记载着沙俄统治者在这座城市的扩张性建设。中国人的家园却被入侵者开发，这似乎是大连城市的宿命。

然而，进入 20 世纪初期，日本凭借坚船利炮成为日俄战争的获胜者，全面占据大连。沙俄的三色旗落下，日本的太阳旗升起，成为这座城市新的统治者。一贯奉行“大陆政策”的日本获取这座东方天然不冻港，进而虎视中国腹地。

满铁本部、埠头事务所、筑港事务所、汽船公司、福昌公司、码头栈桥……大连城区至今留存的码头与建筑，叠印着日本入侵者长达四十年的血腥统治。

被开发与被开放，似乎成为大连这座城市无法摆脱的宿命。从沙俄到日帝，大连与中国近代半封建半殖民地的其他城市相比，是一座被完全殖民化的海滨城市。这不仅仅是大连的悲剧，也是中国命运的缩影。纵观中国近代沿海城市，香港、澳门、台北、广州、上海、青岛、烟台、天津……无不打上被侵略被殖民被开发被开放的烙印。

一个人只有摆脱所谓宿命，方可获得新生。一座城市必须摆脱所谓宿命，才能辞别前世，进入今生，成为真正意义上的国际大都市。

1945年8月，苏联红军进入大连，武装封锁码头，宣布解散“大

连埠头局”，改称“大连中苏自由港”。往昔的沙俄，后来的苏联，已成为全世界社会主义阵营的“老大哥”，却仍然以俄文“达里尼自由港”称谓大连。大连，依旧有着强烈的外来色彩。公元1955年5月，历经十年时光，大连终于完全回到祖国的怀抱。

大连，终于彻底成为中国的大连。它不是沙俄的，不是日本的，也不是苏联的。中国大连：中国是大连的定语。大连迎来今生。

从此，大连海水呈现出真正的蔚蓝色。这是中国的蔚蓝色。

## 今生

公元1949年7月，全国首届文代会在北平召开。52岁的老工人刘开忠代表大连港向大会献演《装卸号子》，音调高亢有力、粗犷热烈，表现了大连码头工人坚韧不拔的精神与淳厚朴实的情感，引起大会强烈反响。从此，大连工人阶级站起来了，大步登上历史舞台。

公元1999年，大连迎来开港100周年。百岁老人堪称人瑞，百年港口则焕发出新鲜的活力。中国的改革开放，给大连港带来空前的机遇，随之而来的是大窑湾保税港区的建立以及长兴岛港区开港。

2003年10月，中央决策把大连港建设成为东北亚重要的国际航运中心。这标志着中国南部以香港、深圳为代表，中间以上海为代表，北面以大连为代表的国际航运中心的总体格局的形成。

悠悠岁月，时光荏苒。2013年适逢建设大连东北亚国际航运中心十周年，我受大连市港口与口岸局的邀请，第三次来到大连。作家们一路采风，切实感受着改革开放以来的深刻变化。

大连确实变了。我的思绪闪回20世纪80年代初期的大连码头晨曦里，也闪回20世纪90年代中期的大连城市街区。

一片片林立的高楼大厦，缩短了城市天际线。一条条立交桥四通八达，将这座城市的道路变成立体。星海公园变了，老虎滩变了，天津街变了，尤其是大连港重心从南湾港东移至大窑湾……大连发生的巨大变化，让我无法辨认她曾经的容颜。然而，大连风采依然，她成熟而鲜丽，宛若黄渤海的新娘。

我看到，当年一排排日式平房被一片片“钢筋水泥森林”替代；

当年繁忙的货运码头建成集艺术、美食、会展于一体的创意产业“15库”，吸引中外游人光顾；昔日的客货滚装码头重心将从大连迁移至旅顺，建设更为便捷的海运通道；烟大铁路轮渡依然发挥着重要作用，一列火车分为五排摆在轮渡上，形同上帝钟爱的积木……

我们深入前沿采风，尽管是走马观花，一路下来却也是感受颇深。那巨变的总体与细节，无不唤起我对大连港的全新认识。

## 阅读

我从《2013年大连市港航口岸工作报告》里看到，2012年大连港的货物吞吐量同比增长11%，位居国内港口第六，世界港口前十名。全港拥有集装箱航线102条，位居国内第七，世界港口前二十名，其集装箱吞吐量同比增长26%，位居全国港口首位，超额完成“三年超千万箱”的第二阶段任务……

这一系列令人振奋的数据，吸引我们驱车前往大连港核心港区大窑湾港采风。乘电梯登临高处，俯瞰大窑湾港口全貌，适逢雾锁海天，港区尽显朦胧，令人难窥真容。然而，尽管薄雾包裹，我还是感受到大连新港区的规模。远处，薄雾里泊岸的巨轮与岸边的塔吊，影影绰绰间显现出它们庞大的钢铁身躯，屹立天地间。

如果说大连港是个整体，那么它是由无数细节组成的。大雾笼罩了整体，却无以掩盖它的细节。有一句文学名言，“细节是雄辩的”。于是，我们走进《2013年大连市港航口岸工作报告》中提及的大连港集装箱发展有限公司，深入体验大连港的“细节”。

走进这幢整洁明亮的大楼，迎面玻璃幕墙绘有扇形图案，刻写着这样的文字：“如意如意，人有人意，我有我意，合得人意，恐非我意，合得我意，恐非人意，人意我意，恐非天意，合得天意，自然如意，如意如意，万事如意。”

这句子朗朗上口，体现了中华民族传统价值观的内涵，表达了人与我的关系、主观与客观的关系，以及对“天意”即事物规律的尊重与奉行。

这个细节让我感受到企业文化之风迎面扑来，而且透露出浓重的“国学”意味。

我们与大连港集装箱发展有限公司员工们座谈，结识了这群朝气蓬勃的年轻人。他们本身就是大连港的“细节”，他们好像一株株小树，与大连港共同成长着。

参加座谈的年轻人充满青春活力，使人想起一朵朵葵花。他们谈到企业文化，一个个很有心得体会。

大连港集装箱发展有限公司，分三期建设。已经建成的“一期”被称为“黄埔”，我喜欢这个形容。这说明它不光是员工们谋生的岗位，更是人才培养的摇篮，正是由于拥有这样的团队，大连港与大连港员工风雨同舟，亲若家人。

参观职工活动室，一个细节引起我的注意。大连港集装箱发展有限公司职工图书角的书柜里，存放着几十册文学书籍，均为当代著名作家作品，有韩少功、古华、王安忆、余华的，还有铁凝、陈建功、邓友梅、冯骥才等人的。令我大为惊异的是这些书籍均用牛皮纸包着书衣，整整齐齐排列在书柜里。我猛然想起我们已经多年不为书籍包书衣了。中国人尊崇文化、爱惜书籍的传统，几近失传。发现的这个细节，着实令我感动。

走出大连港集装箱发展有限公司大楼，小广场旗杆前有着这样的景观：六根石柱，五圆一方，相环而矗立。旁边有这样的文字解读牌：“六根石柱外圆内方，寓意没有规矩不成方圆；五根圆柱在外一根方柱在内，寓意圆通；柱身下面的三种颜色，寓意和谐的三种境界，即太和、中和、保和；六根柱子象征事物发展的六个阶段。”

这出自周易六爻的智慧，立体而形象地展示在大连港集装箱发展有限公司小广场上，诉说着中国古老智慧与当代科学技术的融合，有力证明着这是中国大连港，一座日新月异而又不失文化传统的国际港口。

一滴水可见太阳。于是，我对大连的阅读也是从细节开始的。尽管我没有总览大连港的整体，却从一个个细节感受大连港新貌。细节让我发现了蔚蓝色。这一个个蔚蓝色的细节，最终构筑成它的整体。这蔚蓝色的整体，就是大连。

这就是我此行蔚蓝色的阅读：大连。

大连，我期待你掀开新的篇章。

刁斗

1960 年出生，1983 年毕业于北京广播学院，当过新闻记者和文学编辑，现居住沈阳，专事文学写作。已出版的著作单行本有：诗集《爱情纪事》，随笔集《一个小说家的生活与想象》，长篇小说《私人档案》《证词》《回家》《游戏法》《欲罢》《代号 SBS》《我哥刁北年表》《亲合》，小说集《骰子一掷》《独自上升》《痛哭一晚》《为之颤抖》《爱情是怎样制造出来的》《重现的镜子》《实际上是呼救》等。

——作家视角下国际航运中心
建设 10 年的大连

# 姥姥的大连

○刁斗

傅家庄浴场海水不好，看上去浑浊，喝下去咸涩，置身其中冰冷刺骨——这对我诗情画意的想象是个否定。幸好，它足够大，可以让某些干燥的词汇，比如壮阔、浩瀚、汹涌，重新变得水灵起来，多少能弥补些我的失望。但它的大里仍有破绽：虽伸展得挺开，却铺排得零乱，既少神采又缺风度，未能将某种应有的气势释放出来，那种木头木脑的前后起伏和笨手笨脚的左右晃荡，直像一把百无聊赖的大号筛子，在漫不经心地挑选什么，或淘汰什么……

我不敢断定，1968年7月的某个白天，八岁的我，行将就读小学二年级的我，第一次离开家乡沈阳的我，首次面对大海的我，耳畔聒噪着成人们对于大海或高山或太阳那类堂皇之物的膜拜言辞的我，是否真的，就这么印象了大连的海，还口吻揶揄、表情刻薄地，把它比喻成一把筛子，

一把锈迹斑斑的、有口无心的、只配代表机械呆板和徒劳的筛子。

那天的傅家庄之游我姥没去，她留在了青泥洼桥附近舅舅的家中。那么，我如此理解和裁判海，至少，如此理解和裁判大连的海，是替我姥发牢骚吗？我姥对大连抱有成见。

自八岁起，四十多年里，我去大连有二三十回。大连是我最熟悉的三座城市之一。我出生与居住的沈阳和我念过四年书并也常来常往的首都北京，是我最熟悉的另两座城市。我认为，这三座城市里，也包括更多的、大量的，我只有一面或几面之识的其他城市，大连最值得让我羡慕——在大连，为自己居住地感到骄傲的人，比例似乎比别处高，有时都高得像组织行为。并不是组织行为，我接触的三教九流，都是普通市民，他们评估生存环境，没受官方钳制或收买。感情是写在脸上和眼里的特殊语言，很多时候，它不用言传意会就行。我以为，所得到的喜爱能自发和由衷，而非被迫和违心，这应该是一个城市，也应该是一个人，还应该是一个国家一个民族，最体面的存在动力。

说大连人里为母亲城感到骄傲的比例挺高，也如同我理解与裁判海，凭的只是感觉和印象。感觉和印象都主观化，很难证实也不易证伪。我不会无限度地放大感觉强化印象，不会草率地断定，大部分中国的城市居民，对自己的栖身之地是不满意的，以之来反衬大连的好。其实，大连人自我欣赏的复杂成分里，有多少属于狭隘的岛民意识，这个我曾有过考量。我只能说，在我不特别有限的接触范围里，在盲目的“鸡的屁”已把所有中国城市都孵化成了同一个城市的大背景下，我真的很少能够听到，还有什么人会自觉自愿地为自己的居住地唱赞美诗——不公然声讨就不错了：既然历史地成了某城的儿子或某市的女儿，既然改户口和换工作都比重新托生还要麻烦，那么，不论某城某市的嘴脸如何猥琐，不论户口工作的绑架怎样野蛮，也只有被动地认可麻木地接受，否则还能怎么样呢？这种无奈，是许多人基本的感情模式。

一个人，客观理性才能真实，而一个真实的人，既不会把自己胎记般的出处一笔勾销，也不会打着“儿不嫌母丑”的旗号，文过饰非、姑息养奸——前者无赖，后者伪善。作为苦寒之地的沈阳人氏，我忘了我是否有过无赖或者伪善的时候，但我相信，北

京人肯定从未有过，不光不用无赖伪善，还尽可以大肆炫耀他们天子脚下的种种便宜——我小时候长身体时，沈阳人每月只配吃肉半斤，而北京人，每排次队，就有资格买半斤肉；我长大以后求知识时，同一条高考的分数杠杠，划在外地同学身上要高及胸口，而在北京同学身上，划到肚脐眼就不错了。但即便如此，面对北京既政治又经济还文化的诸多优势，我仍想说，至少涉及出处的纯洁度时，北京不及大连仗义。道理很简单，北京人得意的笑靥，要由权杖勾描涂抹；大连人自豪的表情，却如同他们的足球人才，能自给自足、土生土长。特权滋润得意，却无法养护自豪。在我看来，最擅长嫁接得意与自豪的，当属精致的上海人氏，他们因出处所获得的荣耀，完全有资格夺全国冠军——如果不计特区香港。可是，滋养上海人胸前那朵光荣花的，常常是歧视“乡下人”的轻薄口水，太不卫生，这对上海本该实至名归的确定的光荣，会产生一些毒副作用。

据我观察，在自我欣赏这件事上，大连人的表现最朴实恭谨，最恰到好处和自然而然，最具善男的真率与信女的忠诚，最能对旁观的外人比如我吧，生成某种感染力量。

我对大连最初的认识，并非来自傅家庄，而来自我姥的概括总结：苞米面肚子，的确良裤子。我姥这样表示不屑时，嘴角要倾斜着塌陷下去，好像下巴上坠了铅砣。当然，她的评价，是给塑造了大连这座城市的大连人的，其意思是，肚子里装些劣等食物，外表却打扮得漂亮光鲜，虚荣。中国人穷怕了，动物基因特别牢固，建立的传统便很务实，果腹永远排名第一，最讲究的，只能是大快朵颐的口头之福；中国人缺少制度保护，勤勉总受强权的掠夺，通过示弱装穷来维系虚假的平均主义，成了人们自保的习惯，闷头发财可以，向外露富不行。可这大连人，怎么跟老祖宗的旧理儿颠倒着来呀，让我姥百思不解。百思不解的我姥决计亲自去大连看看，就这么着，也捎带着有了我平生的首度海滨之行。而那时候，我八岁前后时，“的确良”作为新出现的服装面料，既能走入民间又被公认奢华，从时尚符号的角度说，几乎相当于现在山寨版的路易·威登。

照理说，我姥没理由诋毁大连。倒不在于大连是她这辈子除

沈阳外，唯一住过的另一个城市，她臧否它，缺少起码的比照依据。而在于，她唯一的儿子我的舅舅，就工作和生活在大连，还刚刚娶了个当地姑娘，就算爱屋及乌吧，她也应该称颂大连。

可我姥眼里，大连几乎一无是处，即使1968年夏天她在那里吃了近一个月的美味海鲜，对大连的否定，也仍然持续到十多年后她离开人世。大连的冬天不怎么冷，当沈阳人在零下二三十度的严寒里着装臃肿地围炉猫冬时，大连人却能扭动着让“的确良”勾勒出曲线的腰肢招摇过市——还不冻出关节炎来；大连的夏天可以下海，当沈阳的游泳池、河沟子成为清一色男人与孩子的世界时，大连的海滨浴场里，却有许多露腿露背的大姑娘、小媳妇嘻嘻哈哈——简直不知羞耻；大连有灯红酒绿的外国海员俱乐部，当沈阳人天一黑就关灯上床，跳舞也只跳忠字舞时，那些个蓝眼睛黄头发们，却给大连人表演疯狂的扭屁股舞，还诱着大连人看亲嘴电影、听靡靡之音——资本主义呀；大连有一望无际的黄海、渤海，当沈阳的年轻人灰头土脸未老先衰地蹲在大烟囱底下抽卷烟，迷迷瞪瞪、浑浑噩噩、痴痴呆呆地甘当齿轮螺丝钉时，一些满嘴海蛎子味的大连年轻人，已开始打量远处的韩国与日本，甚至更远的大洋彼岸——人心野了……我姥的意思是，既然大连那么不好，我舅理当调回沈阳。我舅在外贸系统工作，一度，大连的市外贸归沈阳的省外贸管，内部调整并不麻烦，并且，我舅若回了沈阳，也能扩大发展的空间——当时，在辽宁人嘴里，还没有“大连国”“沈阳省”“辽宁市”这种戏谑的说法，即使有，戏谑也只反映民意，撼动不了中国社会混凝土般的层级制度。

我舅不回沈阳，继续与关节炎、与“不知羞耻”、与“资本主义”、为伍，那肯定有舅妈的关系。但必须承认，我舅谈论第二故乡时的那份满足里，有比儿女情长更多的东西。

我不认为我舅是井底之蛙。他的第一故乡是沈阳，大学是在河北念的，分配工作时去了大连。而去大连后的好多年里，他除了几度长住日本东京，每年，还都要去北上广之类的大城市公出，尤其那个盛极一时的广交会，仿佛届届他都到场，远在港台歌曲流行之前，他就学会了大着舌头模仿粤语。他不论去哪儿，返程时都会在沈阳停一下，向他的妈妈我的姥姥和他的姐姐我的妈妈

问好请安，并在问请之余，详述或简介那些陌生的地方，让我在逛沈阳都会迷路的年龄，就把天南地北的许多城市烙进了脑海。而后来，在我天南地北地经见了一些城市以后，我觉得，我也就理解了舅舅对于家园的选择，理解了大连人那种执拗的自恋，尤其理解了，辽东半岛上那个蟹壳状的有限一隅，何以与任何仪表堂堂的名城都市站在一起时，都好意思笔直着腰杆。

城市有两种：一种不论多大，也只如同兴隆的集市或繁荣的镇子，到处泛滥的，是拥挤的人群与拥挤的建筑；而另一种，除了人群和建筑到处泛滥，也还有精彩的个人，能从面目模糊的群众中被抽取出来，也还有跌宕的历史，能在死去的或活着的建筑物间被续写下去。一座城市值得人依恋，理由可以有许多条，但其中最基本的一条，必得是拥有能触摸的传奇——传奇而可以触摸，所关乎的，唯有个人的精彩与历史的跌宕。

大连的地理环境得天独厚，那种海洋性气候的宜人与海产品的鲜美，分配给哪个城市，那城市都有资格趾高气扬。本来，中国是个古老的农耕国度，只看重黄土地不憧憬蓝海洋，在这样一种文化的传统链上，大连这个才经营百年的港口城市，只配成为最单薄的一环。可作为城市中的后起之秀，单薄的大连即使吃着粗糙的苞米面，也要展示挺括的的确良裤子，这份自信和勇气，显然又得益于大自然的恩宠——也正是这恩宠，成了左右人们评价它的最重的砝码。大连的姑娘也有丑的，大连的小伙也有糠的，大连的许多生活方式，也像他们的口音那样土得掉渣。但不知为什么，你若在大连随便看看，逛逛商场剧场，转转体育场游乐场，玩玩街心广场海滨浴场，直觉让你做结论时，好像夸大其词都理所应当：在大连，姑娘都美，小伙都棒，生活方式都雅致洋气。也许这只是我的偏见，是大连那些既俗常又别致的“场”迷惑了我。可没办法，每每从古希腊的地中海一路数来，中经大西洋两岸的风生水起，再由南太平洋回到北太平洋，检索日本、韩国、中国台湾的前行轨迹，地理环境决定论这把斩乱麻的快刀，总会对我纷纭的思绪删繁就简，让我在对海洋与文明之关系的想象中醺醺欲醉。

我当然知道，索马里海盗与加勒比难民，同样是这个文明世

界里难以绝迹的海滨风情，所以，我应该，也必须，从醺醺欲醉中苏醒过来，不让地理环境决定论这种偶然摆布我。偶然可以摆布山，可以摆布水，可以摆布草原或沙漠；但城市不是隆起的山也不是流淌的水，更不是草原与沙漠的轮替变迁。城市是依傍着山或者水，由人工建构的一项奇迹，结晶它的，是人类最该引为自豪的理性。理性有能力反哺偶然，有能力利用、引导和修正偶然。这就好比，人首先是本能的动物，不能因为在动物前边有“高级”的定语，就幻想可以拔着头发上天飞翔。但人之“高级”，又的确将人与猪狗区别了开来，就此，在果腹之外还讲究营养，在繁殖之外还讲究爱情，在吃喝拉撒之外还讲究文学艺术，在弱肉强食之外还讲究规则秩序……便成了人类不拔头发也能飞天的精神保证。一座城市也是如此，如果光有地理环境的孤立元素，而没有特色独具的精彩个人和绵延不息的跌宕历史，那完全可能，今日绰约的现代都市，转眼间，便复原为破败的古旧渔村。

因港立市的大连，由古旧渔村而为现代都市，缘起于俄日两国的殖民统治。自19世纪末以来，先是俄国人选择了大连，后是日本人殖民统治了大连，继之是苏联红军暂驻大连，新中国成立后，大连得以回归，得以发展。大连与中国其他有过殖民历史的大部分城市都不太一样：其他城市，大多城市在先殖民在后，不殖民，或许也很倜傥风流；可大连，这个辽东半岛上蟹壳状的有限一隅，则先是被殖民者选中，然后才有了城市。专制中国走到近代，政府越加昏庸腐败，国民愈贫弱蒙昧，与世界性的文明潮流已渐行渐远。适逢此时，西方列强蜂拥而至，围着中国这间“铁屋子”凿窗户砸门，自觉不自觉地，将现代性的气息就注入了进来，让饱受愚弄的中国人看到，什么样的文明更适合人，而人，并非只分奴才和主子这么两种。

当然了，殖民史与专制史同样黑暗。

大连日后的千帆竞渡，竟起碇于一片屈辱的锚地，这无论如何，让人反省之下不那么自在。但我以为，与被殖民的屈辱相比，罔顾事实是更大的屈辱。大连拒绝二度屈辱。他们正视自己成长的历史，既让近年诞生的滨海路、新港区、星海广场、集装箱码头印证他们，也让往昔留存的港湾桥、15库、百年灯塔、日俄战争

遗址记录他们。他们以诚实和豁达面对一切，并通过那一切，寄托对故土的尊重与热爱。尊重和热爱已然的存在，不是丧失原则，不是好了伤疤忘了疼，更不是为殖民主义扬幡招魂，而是以端正的心态和开阔的视野，为文明萌芽方式的丰富和成长过程的曲折而惊讶感喟。在大连的传统里，既有向死而生的“海南丢”经验和浴火重生的“红房子”记忆，又有被工业商业运输业的精密规范所训练出来的求真务实的科学精神，这二者的交织影响，能让大连人清楚地看到：有了尊重，生命的与家国的原则才能建立起来；有了热爱，屈辱的与光荣的历史才能发酵为养分。与许多父兄辈的城市相比，在诚实与豁达这一点上，年轻的大连足堪楷模。中国的文明源远流长，有许多城市历史悠久，可那些城市的一茬茬主人，却总以抹杀过去作为己任，不知是狂妄所致还是懦弱使然。比如内地某市吧，它就为不懂尊重和不会热爱付出了代价。几十年来，它一边对世界上独一无二的古建筑大加毁弃，一边又机械地、赶时髦地、应付差事地，把几块残砖碎瓦塞进博物馆里，以至于它如今的形象都有些可疑：你若只草草地看它一眼，竟会觉得，它完全是个放大的沈阳，或其他某个放大版的旧都新邑——同样有高楼密布与汽车壅塞，同样有真假莫辨的文化遗产。我猜得出，大连没像某市那么追悔莫及地切割历史，并非它比某市清醒，而是它历史短、位置偏的特点挽救了它。历史短，历史与现实就纠缠不清，屠杀过去时，最熟练的刽子手也无从下手；位置偏，就不必太多承担意识形态的象征使命，与权力周旋时，阳奉阴违便容易实现……我不知道，我如此牵强地猜度大连，是否会陷入地理环境决定论的又一窠臼，但没办法，无所不在的中国特色，没法不是我理解大连的一个角度。

理解大连有多个角度，但我首选的，始终是我姥的那个角度，因为它除了通往具体的大连，还通往抽象的与“苞米面肚子，的确良裤子”相汇相融的人性的尊严。记得好多年里，诋毁大连，只能是我姥一人的专利，如果别人顺着她话也说三道四，她倒要反过来袒护大连：再穷也穿的确良裤子，那叫倒驴不倒架，是要脸儿呀。并且，在嘴上诋毁大连的同时，行动上，她并未认真地逼我舅调回沈阳。在那个中国人皆以灰头土脸为美，以未老先衰

为荣，以迷迷瞪瞪为顺民标志的荒唐年代，我姥这个家庭妇女，这个穷死苦死也要供儿子读大学的文盲老太太，自有她精神性的价值准绳：“要脸儿”。至于她对大连口是心非的持续诋毁所犯下的，则只是个肤浅得好笑、幼稚得好玩的“大连人的毛病”：虚荣。我想，如果当初我舅不是被个大连姑娘“拐”去大连，而是把个大连姑娘“勾”来沈阳，那我姥儿媳妇的美丽故乡，注定会成为人间的天堂。

如同大连是“要脸儿”的城市，我姥是个“要脸儿”的人，或者反过来说，大连这座“要脸儿”的城市，与我姥这个“要脸儿”的人声气相投。我可能无法说清，一个人，一个城市，一个民族，一个国家，该怎样做，才能把“要脸儿”的基因进化出来和传承下去，但我相信，“要脸儿”的过程，一定是反抗蒙昧的过程，是挣脱奴役的过程，是拒绝欺瞒的过程，是像一把大筛子那样，把什么东西挑选出来，再把什么东西淘汰出去的过程……

不过，我也知道，比照我制定的城市魅力标准，大连是瘸一条腿的，至少一条腿有一点跛。

在大连可以触摸的传奇之中，也有一些精彩的个人，除了在自己的行当里出类拔萃，也能对五行八作广有影响，这类启示录式或地标式人物的存在，能以自身的有血有肉和可圈可点，诠释大连的丰盈度与趣味性，彰显大连的自由情怀与创造精神。可是，同样因为历史短与位置偏的缘故，大连所拥有的精彩个人，与那些虎踞龙盘之地相比，其精彩的范围和程度，又都有了大的局限。这很遗憾，但在我看来又情有可原，因为这样的难堪，并不独属于“要脸儿”的大连。在一个个人主义精神受到摧毁，精英主义传统发生畸变的大环境下，任何城市，不论绵延千载的还是矗立百年的，要实现树人的梦想都很困难。殊不见，即使人文荟萃如北京上海，这几十年里，又敢说荣幸地成就了谁呢？

我这样替大连开脱，如果我姥活到今天，估计是要酸溜溜的。我自幼成长在她的身边，对她始终忠心耿耿。作为一个“要脸儿”之人，我姥不会让人轻易看出，她已宽恕了我舅、接纳了大连，至少表面上，她要把她大连诋毁者的形象保持下去。所以，见我这刻薄之人评判大连时，一边厚道得没有了原则，一边又背叛了

她的意志，她定然会让她那说“苞米面肚子，的确良裤子”时倾斜着的嘴角陡然上翘，横出一个不满的“一”字——她要用不满取代不屑。特别是2002年初夏以后，不满大连，甚至仇视大连，将成为她情感流向的主宰力量。2002年过完五一长假，一架麦道A82型客机从北京夜航大连，失事于抵达周水子机场的数分钟前。飞机首先在空中起火，两三分钟后突然坠落，把一百多位乘客和机组成员无目的地抛洒在大连湾附近海域的海水之中——那海水，仍然浑浊、咸涩、冰冷刺骨吗？没身临其境，这一点我无法确知。我知道的只是，逝者中那个依偎着妈妈的五岁男孩，那个将人生中的第一次和最后一次长途远游合并完成的小旅行者，是我舅舅唯一的孙子，当然，也是我姥唯一的重孙。

我姥早在1979年就去世了，她并不知道，在她诋毁了多年也惦念了多年的大连，曾有她的重孙正常地出生，然后非正常地夭折于一场空难。

孙惠芬

1961年生于辽宁庄河。曾当过农民、工人、编辑，现为辽宁文学院专业作家。中国作家协会全委会委员，辽宁省作家协会副主席。出版小说集《孙惠芬的世界》《伤痛城市》《城乡之间》《民工》《歇马山庄的两个女人》《岸边的蜻蜓》《歌者》《赢吻》《致无尽关系》《歇马七日》《孙惠芬乡村小说选》，长篇散文《街与道的宗教》，长篇小说《歇马山庄》《上塘书》《吉宽的马车》《秉德女人》《生死十日谈》等。曾获多种文学奖项。长篇小说《歇马山庄》获辽宁第四届曹雪芹长篇小说奖、第二届中国女性文学奖。长篇小说《吉宽的马车》获第三届中国女性文学奖。中篇小说《歇马山庄的两个女人》获第三届鲁迅文学奖优秀中篇小说奖。曾获辽宁省优秀专家称号。部分作品译介海外。现居大连。

# 别处大连

## ——作家视角下国际航运中心建设10年的大连

○孙惠芬

每每外出，有人问你是哪里人？我都脱口而出：大连人。

话一出口心就有些发虚。第一，我是大连人不假，但我不是大连城里人。我出生在庄河乡下，1995年才进住大连。第二，虽然进住大连已经十八年有余，可我根本不了解大连，我的家坐落在大连市西岗区南石道街，那里四周群山环抱，和乡村别无二致。曾有朋友嘲笑我，孙惠芬即使住在狗窝里，住久了她也会觉得好。朋友这么说，就因为我常说石道街好。我说石道街好，其实是为了说大连这座城市多么好，在我的逻辑里，大连这座城市之所以好，就因为这座城市里有山，像个乡村。2005年，上海《文汇报》约写一篇有关大连印象的文章，我的题目就是《城市里的乡村》，可这是朋友最不能忍受的地方：大连是国际化大都市，大连有宽阔的中山路，人来人往的青泥洼桥；有市声喧嚷的天津街，舟楫繁忙的海港大码头；还有星海广场、人民广场、中山广场、港湾广场——怎么能是乡村呢？

一个人对一座城市的印象，来自于他跟这座城市关系的入口，我的入口是石道街，石道街这城市的末梢神经，在我心里，也就成了城市里的乡村了。多年来，我居守这个乡村，自以为身心安宁，虽然也常去青泥洼桥，去天津街，去港湾广场、中山广场，感受国际大都市的时尚与繁华，可是那里尘封不动的历史，变革震荡的现实，似乎很少与我内心发生碰撞，它们仿佛视线之外的风景，我是风景对面的看客。2013 年 5 月 28 日到 6 月 2 日，当我有机会参加大连市港口与口岸局组织的国际航运中心建设十周年作家采风活动，从石道街拖着箱子，住进天津街附近的海尊智选假日酒店，我知道，一切，似乎并不是我自以为的那样。

说来惭愧，来大连十八年，我居然第一次在石道街之外的另一个地方过夜，从石道街到天津街，打车也就十几分钟的路程，可从人迹稀少的石道街住到灯火闪烁的天津街，感受可是大不一样，你仿佛一瞬间由城市的客人变成了城市的主人。这并不是说，

车水马龙高楼大厦就在你的眼前，你和它们瞬间有了关系，而是，面对来自北京、天津、福建的外地作家，你需要以主人的姿态向他们介绍大连，需要诉说你与这座城市的往事，是这时，我才发现，对于大连，我也并不是一个彻底的局外人，我心灵的某个角落，也汪洋着一些记忆的波纹，只要你俯身向下、向内，一眼就能看到它的模样。

## 天津街

在搬到大连最初的岁月，天津街可以说是我逛得次数最多的地方，只要到了周末，只要想逛街，去的就一定是天津街。20世纪90年代中期，天津街异常繁华，而在南石道街，就有一班702路公交车直达这里。这是一条长长的步行街，它西部从火车站广场起始，东部到上海路结束，两侧店铺林立，且有不断的露天购物长廊。尽人皆知的老天津街百货商店横跨街的两面，天桥就是一个观景台。在百货商店的另一端，还有大连最大的书店——新华书店。可我从石道街来到天津街，目的绝不是购物，虽然也去书店看书，也去市场看服装或玩具，可那只不过是个由头，主要是为了看川流不息的人流，听喧嚷热闹的市声。原因很简单，石道街太乡村了，我要让孩子看看繁华城市的风景。在乡下时，我向往城市，城市是我生活的别处；来到大连，却住在乡村一样的石道街，天津街也就成了我的另一个别处了。生活在别处，这是捷克作家米兰·昆德拉揭示出来的人的精神困境。可在困境中踟蹰往返，天津街给我留下了深深的伤痛。

那是1996年春天里的一个下午，我牵着儿子，一不小心走进步行街后身的一个服装市场，本来是迷了路，找不到出口，可因为我的目的只在看人而并非购物，也就没有急着离开。一家家服装摊转着，看着，为了不暴露我的无目的，时而还要跟人谈谈价格，讨价还价。忘记是走到第几家，我的讨价激怒了女卖主，因为她还了一个非常低的价，我却根本没有买的意思。那时，我根本不知道我的行为触犯了商业规则——没有诚意购物，是绝不可以随意砍价的。女卖主显然是那种得理不饶人的女人，气愤得骂骂咧咧，她骂的话，倒不是什么脏话，无非“乡巴佬”“穷老土”之类，可在我听来，那已经是最脏最脏的话了，因为那等于揭了我的老底，

暴露了我的出身。许多时候，在精神里，我也许并不觉得自己多么乡巴佬，并不觉得自己穷和土，但儿子还小，还不能懂得我心底的骄傲。儿子不懂我的骄傲，我的遭遇却影响了他的骄傲。那天，他几乎是拽着我往外走的，不但一路绝不回头，还一句话都不说。那一年，儿子不满七岁，我伤痛，是为孩子幼小的心灵受了伤害而伤痛，因为从此之后，我把逛街的地点改成青泥洼桥，孩子从来没问过为什么。

作为城市生活中的别处，天津街就这样在我的生活中消失了。这十几年来，也曾去过运动品牌港，它不久后就被彻底拆掉，变成了建筑工地；也曾去过新华书店，它已经跳到另一条街上，在新崛起的二十多层高楼里；也曾去过新世界百货下边的欧米奇咖啡，它是天津街上的新生事物。可不管去哪儿，再也不是无目的的了，不管去哪儿，绝不在街上停留，仿佛稍有停留，就会听到某种声音……

这个春夏之交的晚上，我终于在这儿停留下来，我不但停留下来，还因为住在这条街上，无数次地往返其中，然而现实是，那个声音已经再难听到了，那个伤痛的瞬间已经被深深地隐埋，因为当向外地作家讲述天津街时，我已经没有了坐标，失去了方位，原来天津街的长街，在伸到上海路的路口时，突然断掉，跌进一个下沉式的广场，就像掉进一个深渊……大连在变，就像我在变，再也不会无目的地讨价还价，可是把伤痛埋进深渊。这个晚上，我却一点儿都不开心，因为一条记忆中的长街不见了。它不再是我生活中的别处，这没什么，它却不再是我记忆的别处了，这让我隐隐有些伤感。

西班牙电影大师路易斯·布努埃尔在一本书里写道："只有当记忆开始丧失，哪怕是一点一点丧失的时候，我们才能意识到全部的生活都是由记忆构成的，没有记忆的生活不算生活，正如没有表达力的智慧不能称之为智慧一样。"他的出发点，是从生命内部，可是我在想，当一个城市的记忆在一点点丧失，我们由记忆构成的城市是否还能算作城市？

## 港湾桥

采风的第一站去的是大连港海港码头。由港兴市，这是所有海滨城市的来历。可大连港的不同在于，这块土地几易其主，半个

多世纪在俄国人和日本人手里,建立新中国后才回到中国人手中。第一次来到海港码头，我并不知道这一切。那是1986年6月，那时，我的写作生涯刚刚开始，把第一部中篇小说《来来去去》投寄到《上海文学》杂志社，不久接到《上海文学》来信，约我到上海改稿。路费由杂志社出，旅途却无人陪伴，那是我平生第一次离家远行，并且两天两夜都将在海上度过。可因为怀揣对文学的梦想，心情还是相当兴奋。记得来到海港码头时，离上船的时间还早，我一个人漫无目的地走到港湾桥，在那里四处眺望。在港湾桥四周，有许多日本人留下的老建筑，可那时的我，对建筑根本不感兴趣，只对码头和码头对面的大海感兴趣。码头，还有大海，我一点儿都不陌生，我的出生地庄河青堆子就有海，就有码头，然而正因为这一点，我才格外兴奋，它让我想起家族里的故事。19世纪末期，曾有西方传教士从青堆子码头登陆，来辽南传教，我奶奶的弟弟，民国初期到燕京教会学校读书，就是经传教士的指引。我是说，1986年，当我平生第一次站在青堆子之外，看到比青堆子大一百倍的大海和码头，心里曾暗暗地想，我会不会在这里遇到什么贵人，送我到外面读书呢？我没有上过大学，那时候，出去读书是我一直的梦想。当然，我这么想，并非希望遇到旧世界里的传教士，而是当时那刻，在我眼里，海港码头是一个神奇的所在，一个有着无限可能的地方，仿佛所有遥远的信息都会从海上漂过来，在这里汇聚，仿佛所有漂来的信息都会变成某种确凿有力的现实，就像揣在我包里的那封《上海文学》改稿信——当时，我一直觉得它飘洋过海来到我的手中，就是经过了这个海港码头。它把我从没想过的去上海旅行的事情都变成了现实，为什么不能送来另一种现实呢！

曾经的港湾桥，就是这样一个地方，它把我从陆地引到码头，让我真正感受了“面朝大海，春暖花开”，我却一点儿都不知道它经历了什么样的沧桑岁月，不知道在还没有桥时，俄国人站在码头上眺望大海，想的是什么，不知道后来日本人把桥修好，站在桥头眺望大海，想的又是什么。大海，在一百多年前不但送来了企图以文化入侵的西方传教士，还送来了外国列强掠夺领土的欲望，当海港码头变成他们实施掠夺的重镇，长达半个多世纪的

苦难历史便在这块土地上开始了。

那天，大连市港口与口岸局为作家们请来了大连港史志办的刘连岗老人。他站在港湾桥上，一会儿指向桥东方向老埠头事务所大楼，向我们讲述这栋楼的建筑风格，一会儿指向桥南方向曾经被誉为亚洲最大海港仓库的15库，向我们讲述这栋方形建筑的风云故事。他是老大连人，对老港的一草一木都充满感情，当讲到我们脚下的港湾桥马上就要拆除时，嗓音几度沉郁，眸子里，闪烁着一星又一星复杂的光……这些风格别致、造型独特、质量考究的仓库、高楼、桥梁，都是日本人所建，它们见证了老港遭受践踏的惨淡过去，可是一个世纪以来一直居住在大连的老大连人，对长期矗立在自己家门口的它们，有着怎样的感情，完全可以想见！

面对海港码头，所有的到达者都压制不住内心的欲望、梦想，因为它面向浩瀚无边的大海。虽然我二十几年前的梦想没有变成现实，可是曾经，掠夺者的梦想变成了现实，六十年前，中国人自己管理建设自己港口的梦想变成了现实。这些年来，老港改造成了大连尽人皆知的话题，记得几年前媒体刊登一则“告别百年老港区，珍惜城市记忆”的活动启事，有许多老者踊跃报名，一位身患脑血栓，已经行动不便的老先生，居然在老伴的陪同下前去告别……很显然，如今的城市建设者们，在把他们的梦想变成现实的同时，要不断地破坏人们记忆中的历史。要建立，就一定要有破坏，可是我在想，在这不断的建立与破坏当中，有没有什么东西是恒定的呢？我们破与立的规划，有没有一个一百年甚至更长时间的连续性呢？是否考虑过要更多地尊重历史，从而不至于拆了东墙补西墙呢？面对浩瀚无垠的大海，我们的城市建设者们，需要有的是不是并非立即实现梦想的决心，而是压制自己梦想的勇气呢？

## 两个故事

大连有两条市政府命名的历史名街：一是位于南山的日本风情一条街，一是位于胜利桥的俄罗斯风情一条街。可是无数次地听说，朋友们无数次地去游览，我却从不曾去过。这或许跟成长经历有关，

我的经历使我多年来只关注身体内部的历史，对身体外部的历史少有兴趣。在我的身体内部需要感受繁华和热闹时，沉寂的历史旧址不会成为我精神生活的别处。可是，自从听到两则故事，对这两条街我便有了向往，虽然时至今日，也就是大连市港口与口岸局组织作家采风的日子，我才第一次来到这里，但在内心深处，我已经去过无数次了，因为这两则故事，让我触碰到了某些人的情感历史。

第一个故事，是有关日本人的。说是20世纪80年代，中日邦交正常化之后，大连市政府接待了一个日本代表团，其中有位老先生，临走时，向市政府领导提出一个请求，说1945年日本战败后，他的父亲把家里所有珠宝都埋在了大连绿山的一个沟谷里，他为此留下了一张藏宝图，希望政府帮他把这些珠宝挖掘出来。为了中日关系的友好，市政府真就组成了一个探宝小组，组长由当时的市政府秘书长兼任，施工队是当时金州的一个勘探队，他们按地图的指引，夜间秘密行动，很快就找到了绿山沟谷中的一棵树，树下有一块石碑，很快，在石碑下面挖到了两口木箱。他们兴奋不已，因为图纸上明确写着：珠宝，就在两口木箱中间位置的正下方。然而一个个夜晚过去，挖掘深度到了六米，十六米，却一直没有发现珠宝。秘书长向市长汇报，市长说只要还没找到，就必须继续挖掘。秘书长把市长的话转告勘探队，勘探队说如果继续挖掘，必须花二十万购买设备，秘书长把勘探队的想法汇报给市长，市长这下犯了愁，二十万绝不是个小数目。最后，市长不置可否，勘探队也就放弃了继续深挖，探宝小组也就自动解散。这个故事触碰了我的情感基于两点。第一，你们小日本当年侵略我们，把珠宝留在我们的国土，是咎由自取，为什么还要我们为你寻宝？如果我是市长，也绝不会花二十万购买设备。可是，藏宝图把珠宝清清楚楚地指在那个地方，探宝小组半途解散，他们在情感里意识里能放得下吗？他们会不会从此夜不能寐，日里夜里都想着深埋在绿山深处的珠宝呢？市长、秘书长、勘探队的队员，会不会在某个夜晚，突然在绿山沟谷相遇，每个人都带了自己的勘探队？这是一个善于虚构的写作者的想象，可这想象完全符合人性的逻辑，因为战胜好奇心，对谁都没有那么容易！况且

这好奇心里面裹挟的，是诱人的珠宝。第二，我的不平在于，你们小日本曾经占领了我们的家园，毁坏了我们的生活，多年以后，为什么还要用这种方式搅扰我们的生活？

第二个故事，是有关俄罗斯人的，也是发生在改革开放初期的20世纪80年代，政府当时接待了一个苏联退伍军官，他说在他原来俄罗斯那条街上一个庭院的右下方，放了一箱宝器，对日战争时急着逃离，没有带走。政府按照他提供的门牌号码找到了那条街上已住了一对年轻教师的房屋，可是进院后才发现，那个院子的右下方，已经挖了一个巨大的地下室，而年轻教师，并不是第一个住到有地下室房子的主人，也就是说，他们住到这里时就已经有地下室了。这个故事对我情感的触碰在于，那对年轻教师的生活，是不是从此被打扰了呢？这个黑暗无光的小小空间，会不会从此遮住了他们生活中的日光，让他们陷入无休止的黑暗中的寻找呢？

两个故事，都是有关情感历史的，这情感，无关于日本人也无关于苏联人，而是关于我们自己的同胞兄弟。当他们无辜的心灵遭受历史的打扰，对人性弱点的悲悯、对占领者的愤愤然情绪，便直线升腾到我的意念里，在意念里一次又一次寻访那条街，想象被打扰者的痛苦与焦虑，便成了我一段时间在劫难逃的情形了。

南山日本风情一条街，已经没有多少老楼了，都是按照日本建筑风格设计的新楼，两层，有着并不开阔的庭院，但那庭院里，足可以埋藏数以千计的珠宝，跨越庭院送到绿山，一定是经历了周密思考；胜利桥俄罗斯风情一条街，倒依旧是老建筑，三层，欧式的楼顶有着斜角的窗户，那窗户下面，庭院的间距很小，把珠宝藏到最深处，一定是措手不及时的不二选择。他们背离祖国，在异乡定居多年，他们并不是侵略占领的决策者，却已经把异乡当成了故乡，直到有一天，他们必须舍弃家园，可以想象这个生活中的别处，深埋了他们多少情感和伤痛。

走过两条街的街头，我一点儿也想不到这一刻的心情会有所改变，会触摸到那些占领者的情感历史……其实那天我们并没走进那些庭院深处，我们只站在院外。在南山日本风情一条街，我们甚至只停在街头，远远地往纵深处探望了一会儿，然而不知为

什么，仅仅是那么一瞬，瞥一眼庭院屋角上静谧的阳光，想象一下屋宇间穿梭的气息，就足以让你回到平等的人与人的立场上了。

可是，平等只是人类美好的愿望，就像和平永远是人类美好的愿望一样。当人类的愿望受到欲望挑战，战争的历史就成为了城市的历史，我不知道，那些类似探宝这样发生过的故事，可否记录在城市的历史史册上？

## 大窑湾

知道大窑湾，还是搬到大连之后的事儿。那时，从大连到庄河，修了一条高速公路，叫黄海大道，在这条路的开发区段路标上，就有“大窑湾”三个字。大连是个半岛，叫湾的地方很多，凉水湾、星海湾、鲇鱼湾……开始几年，我只把它想象成一个海湾的湾区，可以看海，可以在海边游泳、散步，后来，在报纸上看到一则有关大窑湾的报道，才知道那里原来是大连的又一个现代化集装箱码头。那则报道中，用了“泊位”和“港口吞吐量”这样的字眼，让你觉得，将有一艘艘巨轮，装载着一座座山体一样大的叫作集装箱的家伙，源源不断地在这里停靠，又源源不断地从这里启航。虽然不懂这现代化的远洋运输业有着怎样高超的技术含量，但一些日用物资从遥远的地方来，另一些日用物资向遥远的地方去，它们像两个陌生人似的擦肩而过，又永远失之交臂的目的，只为了使一个城市崛起的感觉特别强烈。因为你可以想象，那吐出去的货物都送到了哪里，那吞进来的产品又来自何方。很显然，城市的日新月异，码头做出了巨大的贡献，可是，一些年来，在路过大窑湾的高速路口时，从未萌生从岔道下去看一看的念头，原因很简单，我只执着于心灵的历史，而在我心灵里，它不是我生活中的别处。

来到大窑湾，同样缘于市港口与口岸局组织的作家采风活动，写到这里，我想说，太感谢他们了，没有他们，我的生活不知还有多少死角。陪同参观的是大连港集装箱发展有限公司副总经理兼安全总监佟雪峰先生，他温文尔雅，说着一口好听的普通话。他先是带我们登上一座高楼，让我们远眺码头的全貌，不巧天公不作美，港区被大雾笼罩，什么也看不见。虽然看不见，但你完全可以想象它的壮观，因为这是所有来访者必登的高楼，设计者

的用心足以展露，在光天化日之下，眼前的世界是什么样子。可设计者不会想到，当一个外来者不能从高处一览全貌，突然地置身于被雾气笼罩的海港腹地，在泊满了集装箱和塔吊的宽阔平台上移动，会有一种什么样的感觉：你觉得你简直是一只小鱼小虾，瞬间就会被海域吞没。

集装箱，这个经常听说却很难一见的家伙老实而憨厚，他们聚集码头沉默不语的样子，仿佛等待一场短暂相聚之后隆重的告别。显而易见，塔吊是它们情感复杂的伴侣，因为它永远不知道它们是喜欢告别还是渴望相聚，而不管它们喜欢什么渴望什么，塔吊都一如既往送走和接纳。集装箱和塔吊，也许是这世界上最最对立的一组事物，塔吊永远坚守，集装箱永远漂泊，可是站在它们中间，你不能不感慨将这一组对立事物操纵于股掌之间的人！因为在巨大的塔吊之下，在雄伟的集装箱群中，人简直太渺小了！我们这么渺小的一个人，如何能够做到让码头自如地吞吐，有序地接送？关键在于，在这场体力与智力的交战中，人如果磨练出了如同塔吊一样的坚强意志，心会不会也坚硬起来、粗糙起来，失去了诗意的维度和空间呢？

然而，我的忧虑很快就被打消。那天下午的后两个小时，大连港集装箱发展有限公司安排了一个小型座谈。在座谈会上，这些成天与塔吊与集装箱打交道的年轻的管理者们，嘴里很少说出我们不懂的业务术语，他们所谈的，都是学习传统文化经典的体会，关于心灵、情感，关于爱、沟通，关于兴趣对业务的帮助、对生命的发掘，关于业务生活之外文化生活的活跃和繁荣。仿佛他们不是操作台上的技术工人，而是一帮文化使者；仿佛码头不是一个工作场所，而是一个大家庭。在公司的长廊里，我们还看到了历届公司“春节联欢晚会”和“演唱选秀”的照片，其中有十几分钟，他们播放了2013年春晚的节目录像，演员就是工人自己，演绎的内容就是他们的工作和生活，可是，用小品和歌唱的形式将它们搬上舞台，你会觉得这里是一个浪漫柔软充满娱乐气息的世界，与集装箱和塔吊没有任何关系。这时，你不得不重新思考“生活在别处”这句话。如果这句话揭示了人的某种困境，那么大窑湾港的领导者们，是不是深悟了这种困境，才有意在他们无可逃

身的坚硬的现代化机械化工作之外，制造了一个精神生活的别处，让工人们的灵魂得以安然栖身呢？

软的是硬的后方，精神是物质的后方。

后来我了解到，现任的大连港集装箱发展有限公司的老总自幼研习国学，认为其中蕴含着丰富而深刻的管理理念，他崇尚《道德经》里的一句话：“不失其所者久”，意为“不离失根基的就能长久”。很显然，是他这样的管理者们长期从国学里汲取精髓，将国学思想融入企业管理，才出现了我们看到的精神世界的勃勃生机。

人的根基，是那个躯体之中的精神，一个人精神的根基，便是那个生生不息滋养他的土地。

大连港史料记载，甲午战争之后的1897年，沙俄迫不及待地把军舰开到旅顺口，一年后迫使清政府签订了《旅大租地条约》，又是一年后的8月11日，俄沙皇尼古拉二世发布了关于设置自由港达里尼的敕令。达里尼，俄语的意思是“遥远的地方”。一百多年前，大连被俄国人侵占，土地饱受蹂躏，精神文化饱受摧残，当这“遥远的地方”成为了列强们的前方时，这块土地上的我们便失去了后方。一个多世纪以来，历经沧桑巨变，小码头变成大码头，大码头变成国际航运中心。如今，大连，毫无疑问已成了大连每个人物质生活的后方，可是，在她渐渐有了繁荣的气象、发达的气象之后，她是否还能称得上是人们心灵的后方、精神世界的别处呢？

常听人说大连人没文化，我们自己也这么说。大连不缺高校，不缺高学历的专业人才，大连在不断地求变求新，不断地追逐时尚。我们的文化，在一个世纪前的历史中遭受侵袭，发生断层。大窑湾的故事让我思考，我们是否要把丢失的东西找回来呢？所谓大连人没文化的说法，是不是希望生活在大连的人，都有一个柔软的安放心灵的地方呢？也就是说，在这运用高科技知识和手段，不断发展、迅速变革的生产机制中，我们是不是始终有一个不变的恒定的价值观的存在？当人们在变化中迷乱了心智，这不变的东西便暗流涌动，默默滋养并帮你寻找着你的根脉……

感谢大窑湾，它让我看到，我们自己完全可以创造我们精神生活的别处。

周晓枫

1969年6月生于北京，1992年毕业于山东大学中文系。曾做过八年儿童文学编辑，2000年调入北京出版社，现任《人民文学》编辑部副主任。主要写作散文，出版有散文集《上帝的隐语》《鸟群》《斑纹：兽皮上的地图》《收藏：时光的魔法书》和《你的身体是个仙境》。另著有人物笔记小说《醉花打人爱谁谁》。曾获冯牧文学奖、冰心散文奖、十月文学奖、人民文学奖等奖项。曾协助张艺谋导演进行文学顾问工作，担任了电影《三枪》《山楂树之恋》《金陵十三钗》的文学策划。

# 海鸥翅膀下的大连

○周晓枫

记得上大学的时候，我去威海的同学家玩儿，漫步沙滩，挖海蛤，吃鲅鱼馅饺子，晚上沿着梯子上到平台状的屋顶——星斗密集得就像节日的烟花，浩大夜空下，依稀能看见停泊在港口的轮船那些巨大的剪影。这大概是许多人共同的美梦：拥有一座海边的房子。后来我陆续去过一些海滨，从著名的旅游城市到安静的渔港，拥有海岸的地方总是难免让人心动。大连亦如此，背靠山，面朝海，是理想的栖居之地。

最初只是一片渔家村落，后来筑港，大连因而以港立市。大连是中国第一个“世界环境500佳”城市，有着浪漫之都的美誉，是中国著名的避暑胜地和旅游热点城市。大连举行过中国最早的国际马拉松比赛和中国最具影响力的国际服装节，同时，这座东北地区最大的港口城市又在建设东北亚重要的国际航运中心、国际物流中心和区域

性金融中心。大连的海运航线四通八达，不仅能把私家车开上轮船底舱，而且庞大的火车也能整列驶入，景象颇为壮观。

20世纪90年代第一次来大连，印象最深的是大连贝壳博物馆。那时还是老馆，不像后来改建成星海城堡的辉煌规模，不过大部分展品还是来自贝壳收藏家张毅先生。正是那次参观，培养了我对贝壳的初始兴趣。贝类是相当羞怯的动物，性情上喜欢隐蔽自己，它们铺张开来的肉身，能像魔术师把手绢塞进攥紧的拳头那样通过狭小的缝隙收纳于硬壳之内；而且它们身上体现了奇异而极端的矛盾元素，它把最柔软的和最坚硬的、把肉的蛋白质和壳的碳酸钙结合起来，可谓刚柔并济，贝壳的一生都完美地平均分配这两种对立的化学。那时的博物馆面积并不大，但在射灯光线下，轮螺、蛙螺、骨螺、芋螺、法螺、宝螺、涡螺，还有鸟蛤、星星蛤等等，每一枚都那么工艺精湛、美轮美奂，隐约看到它们内部通透的光晕和完美的螺轴。螺线设计具有不可思议的数学之美，它体现在宇宙的每个角落：从猎犬座的旋涡星云到漏斗形的飓风，从盘羊坚硬而对称的巨角到植物向上攀援的触丝，乃至巴特农神殿的陶立克柱，以及人类听骨之后隐秘的耳蜗。神明在一只锥螺的轴线里，藏了创世时的秘密。众多而变化着的万千贝壳，集中在不算巨大的展示区域里，我震撼于那种奢侈而安静的美。提供收藏品的张毅先生曾任大连海洋渔业集团公司的董事长，一生与海洋关系密切，既有工作上的便利，又有长达三十年的耐心，才能汇聚这些令人眩目的美丽财富。但大连本身，就是贝产丰富的地区。我自己就曾在大连下辖的庄河那个号称“世界蚬库”的蛤蜊岛惊喜地拣拾到一枚美物——这枚色泽和织纹奇异的螺壳一直摆放在我的书桌前。我记得蛤蜊岛的沙线很是奇异，当大潮涌来，我不能像在其他海滩那样高高跃起，或者轻易地逐浪奔行，因为脚下海与岸的衔接地带，堆积着宽达数米的贝壳层。

后来几次来大连，有时在星海广场看那些铜铸的脚印，有时沿诗意的滨海路漫步，空气中弥漫着海洋的迷人气息。大连的老建筑多，风格沉稳，充满交响乐凝重而雄浑的音乐感，以及章节之间的起伏与呼应——有如低沉有力的语调，是大器量者才具备的沉着。无论是屋檐深阔的老房子，还是咣当作响的有轨电车，

都暗藏着解读大连历史的符码。黄昏夕照里，大连的老建筑群就像时间凝结的琥珀。

所有的美里，或许都怀有隐痛。大连，这里有过中国人的耻辱和梦想，这里有过百年兴衰与辗转起伏的殖民史、移民史、创业史。中学的历史课本中讲到日俄战争，那时我年纪甚轻，学习知识对我来说只是个从书籍到头脑的物理搬移过程，其间缺乏情感的化学反应。及至成年，才后知后觉地反刍其中的耻辱。日俄两国开战，却如此违背常规，战争不是在边界或者任何一方的境内展开，而是在第三方的领土上。大连就是这样，命运有如失怙的孤儿，被两个侵犯野心强烈的外人争抢。

直到 1951 年 1 月 1 日，当时的苏联政府终于将大连港移交中华人民共和国政府。大连有个独特而颇具历史感的词语，叫“老码头”，它既是指地点，也指那些一辈子劳碌在码头的人们。如今的大连，高大有力的金属吊臂林立，巨型积木般的货箱一望无际，但是，每当联想起历史沧桑，我相信那些开埠之初的装卸工具，只是由许多不具名的默默流汗的血肉之躯组成。悠远的年代里，那些以港为生的老码头们，他们由于负重而弯曲的脊柱却有着怎样不屈服的硬度，是他们驮起了大连历史的百年沧桑……的确，大连本身，也是一座历经风霜的老码头啊，它的背上负载着百年历史和亿万吨的货物重量。

作为东北亚天然良港的大连，像天海之间一块坚固的巨礁，不仅对抗风浪，并且在波涛的撞击下顽强地延续生长。今天的大连港已与160个国家和地区的300多个港口通航，这些航线就像伟大的缆绳，把大连与遥远之地牢固连接。百年历史积淀下的大连，始终酝酿着关于未来的奇迹。

大连享有盛名的15库，就是将老建筑与新兴产业相结合，把这座八十年历史的老仓库打造成了时尚创意区。坐在二楼状如甲板的阳台，坐在遮阳伞下的清凉里，桌旁是悦人的盆栽，头顶是铁艺风格的提灯，听轮船侧板外的海涛隐隐；或者在名为“百年记忆”的餐厅里，欣赏那些珍贵而古老的照片，上面有欧式风格的建筑和辐射状的街区……旧的时光，新的风情，就在这海风荡漾的午后，一一涌上心头。

为了更好地感受大连，我向当地港务局提出申请，渴望能够体验一次为期数周的驻岛生活。我知道在大连的管理海域，有默默工作的守岛人。他们有的与危险为伍，比如蛇岛，那里到处是可怕的蝮环和毒牙；有的观测气象，天空和海一样辽阔，一朵中等规模的积云已相当于40头大象的重量；有的守护着灯塔，以黑暗中唯一而可靠的光源为远行的船只指航。有的岛屿每周能享受到一次食物供给，剩下的时间，那里只有绝然的孤独。那些读海的孤独者，一定对世界有着更深入的理解、更敏感的发现。马克·吐温曾这样描述过："水面独有一种浅浅的涟漪，吸引了读不懂它的乘客（他们难得不会忽略），但对领航员而言，却是一段斜体打印的文章。不仅如此，它其实更是一幅由大写字母凑成的图例，末尾跟着一串喧哗的感叹号。因为这意味着它下面埋有船骸或礁石，会给最结实的船只带来灭顶之灾。"我跃跃欲试，想了解与世隔绝的状态中会产生怎样的心理以及增长怎样的知识。但我的向往被有经验的长者批评，说我所想，不过是小布尔乔亚气质的写作者所预估的心理景况，假设真正生活在那里，我所面临的恐惧远超估量……深渊里的黑，海在夜晚那种超越巨兽的威胁，足以把人逼迫到疯狂。尽管遭受否定，我依然心怀不甘，同时也对自己有暗暗的省察。

我正质疑自己在实践上的怯懦，忽然，看到几只海鸥沿着港口滑翔……海鸥喜欢食物丰富的海域，它有沿港口出入飞行的习性，每当迷航，水手可以观察海鸥的飞行方向作为寻找港口的依据。作为优美的飞行专家，每年千万里的迁徙距离对海鸥来说是享受而不是考验——它的羽轴和骨头都是空心的，前凸的胸骨发达有力，剪形对称的尾翼像无声滑动的桨板，海鸥被风托举，自由自在地飞在自己的海面倒影上。

一个世纪的沧桑，我想象那些潮汐般到来又离去的海鸥，它们谙熟怎样的旧事，又见证怎样的变迁？百年前的海鸥也曾随着海风抵达大连，那时的村落、那时的木船，它们是否记得渔民黝黑的脸，记得那些他们常年在船板上赤脚、因用力而分隔开来的脚趾？渔网散发着强劲的腥气，挂着盐霜、海藻和纠缠在纤绳里的小虾蟹——渔网就是他们的犁、他们的碗。而百年后，年轻的

海鸥同样飞越洋面，在浩荡海风的吹送下抵达大连港，狭长眼线下它们墨晶般的眼睛俯视着翅膀之下的经纬……一切，已迥异于祖先描述的往昔。在海鸥的世界里，天上的云依然翻卷，有时汹涌如鲸群，有时细碎如月色下漾动且闪光的磷虾。而大地上的图景呢？变化得如此之快，海鸥甚至来不及把航行经验传授给下一代，每年到来的海鸥都会迷惑于陌生的发现，仿佛，这里不再是去年的驻留地，熟悉的只是灯塔、缆绳、汽笛和船锚，只是大连港口的海风里那微妙的盐度。

光阴流转，一代代的海鸥来往飞翔，但搏击风浪始终都是海鸥的天性。如果仔细观察大连的地图，你会发现，在那无垠的海面，大连，状若海鸥一只翅膀，一只延伸出去、搏击浪涛的翅膀。

周立民

1973年出生于辽宁庄河。复旦大学中国现当代文学专业博士。2007年进入上海市作家协会工作，现为巴金故居常务副馆长、巴金研究会常务副会长兼秘书长。中国作家协会会员。主要从事中国现代文学研究和当代文学评论工作，著有《另一个巴金》《巴金手册》《巴金画传》《五四之子的世纪之旅—巴金评传》《巴金〈随想录〉论稿》《精神探索与文学叙述》《世俗生活与精神超越》《人间万物与精神碎片》《翻阅时光》《五味子》《简边絮语》《冯骥才周立民对谈录》等，编有各类文献资料多种。

# 槐香入梦

——作家视角下国际航运中心建设10年的大连

○周立民

## 一

去年初夏，我曾去过一次庄河的海王九岛。正当惊叹大自然鬼斧神工时，不期而至的历史却给了我当头一棒。

那是在登上大王家岛一处灯塔时，铭牌介绍它是1937年年初日本为进出东北的船只导航而动工修建的。塔建在一座小山丘上，有二十多米高，塔下，日本人修建的护塔人的房子还在。转过塔身，茫茫的黄海便涌到眼前。那是个阴天，时有小雨飘落。海是平静的，仿佛黑白照片上的常见画面，没有什么特别的。这时，陪我们的一位朋友轻声说：由这儿望去，前面就是甲午战争中黄海海战的战场……他淡淡的介绍却在我心间掀起了巨浪，海水仿佛咆哮而来溅了我一身。我的心情也随之如那灰蒙蒙的天，开始黯淡起来。

一百多年后，站在这山上，早已不闻炮声，

不见火光，然而，作为一个大连人，我觉得心中的伤痛并没有消失。“历史”这两个字，总让我们觉得它属于过去，离我们很遥远，在现实的声色犬马中，我们从不会想到它的存在，甚至它与我们迎面相撞时，有时我们都不愿意认真看上它一眼，直到它有一天用教训狠狠地报复了我们一次。但那一天，我却无法回避，头脑中杂乱无章却又迅疾无比地掠过一百多年中这片土地上的一个个画面，令我不难意识到这片海域对于现代中国意味着什么。

不知道是幸运，还是不幸，历史选择了这里，作为现代中国的转折点，也可以毫不夸张地说，五千年的中华文明也在这里打了个结。实在无法估量这个转折对于中华民族、对于这一百年来中国人生活的影响有多大。历史不容假设，但那么多的假设恰恰是因为悲痛而又沉重的“不甘，不甘”。倘若没有这场甲午战争，洋务运动的成果得以巩固，中国会不会走上日本明治维新的道路呢？洋务运动时，国人尚在“图强”，虽然国家已在风雨飘摇中，但古老帝国似乎还有一口气在，还有梦想和信心。到后来的维新运动，那就是在“救亡”了，连这个国家是否可存都是未知数了。

正是这场战争，让大清国把当时三年财政的总收入赔给日本，这也埋下了后来一个个事件的伏笔：日俄战争，“九一八”事变，卢沟桥事变……到那时，一切都不可挽回。

如果历史曾经给过中国机会的话，那只能是我眼前这片海域，只能是甲午战争。

历史学家是客观的，然而当我翻着手中这本《中国近代史新讲》（戚其章著，中华书局2011年8月版，本文以下史料多参考此书）时，我仿佛能够听到作者的叹息，他在一连说着“不该，不该”。平壤战役，是中日军队的一次陆上决战，日军挑战老帝国，起初也不是肆无忌惮，而是带有试探性的。平壤战役之初，他们遭到清军顽强抵抗，损失惨重。转折点在于，日军攻占牡丹台和玄武门，清军高州镇总兵左宝贵阵亡以后，接下来是叶志超负责军事指挥。此时日军携带的口粮和弹药已将尽，冒雨露宿于城外，前景并不乐观，如果叶志超选择坚守，日军只有不战而退。然而，他连夜召开诸将会议，做出的选择是弃城北撤。结果，在那个大雨倾盆的夜晚，北撤的清军遭遇日军埋伏，几乎不明不白地损失了五个营的兵力，弃于平壤的物资有1000万两白银以上，等于给日军继续侵略送了份厚礼。经此一役，日军信心大增，他们觉得清军也不是不可战胜的。其实，在战争之前，日本驻北京的间谍机构负责人宗方小太郎就曾向日本国内报告：

“根据鄙见，我日本人多数对中国过于重视，徒然在兵器、军舰、财力、兵数等之统计比较上断定成败，而不知在精神上早已制其全胜矣。”

不知道他感受到了什么，可以如此鄙视中国人，值得注意的是他点到了“精神上”这样的字眼。战争在关键时刻，信心和士气，是最宝贵的一份战斗力，而清军此时把它拱手相让了。

其实，我们错过的何止这一桩，甚至也不仅仅在甲午之年。

黄海海战，北洋海军将士除少数败类之外，大多数表现可称英勇。水师的将官大多为福建人，他们毕业于福州船政学堂，后来又留学英国接受培训，不少人是严复的同学，他们都是这个民族走向现代化的第一批精英。这些南方人在东北海域上洒下了一腔热血，表现了七尺男儿顶天立地的气概。镇远舰管带林泰曾，

临战前曾下令卸除战舰上的舢板，等于告诉全舰官兵：“舰存与存，舰亡与亡。”定远舰管带刘步蟾也誓言：“苟舰亡，必与亡！”那些普通士兵也都不是贪生怕死之辈，来远舰中弹二百余发，舰上烈焰腾空，但炮手仍然坚守炮台发炮不止，水手陈学海曾回忆：“当时船上弟兄们劲头很足，都想跟日本人拼一下，没有一个孬种。我和王福清两人抬炮弹，一心想多抬，上肩就飞跑，根本没想到危险。俺俩正抬着，一颗炮弹打过来，就在附近爆炸，一块炮弹皮把王福清的右脚后跟削去，他一点没觉出来。仗快打完了，我才看见他右脚下一片红，就问：二叔，你脚怎么了？……他一听，低下头看脚，才站不住了。”如今是一个英雄主义式微的时代，但是我得承认，当我读到这些可歌可泣的事迹时，依然不能不眼含热泪。越是这样，越觉得心中憋闷，让这些将士们活下来多好啊，他们本应当是中国第一代海军最优秀的精英，然而在很多人的生平里，卒年都是1894年、1895年，北洋海军经黄海海战，加上随后的刘公岛一战，竟然全军覆没。

一切烟消云散，大海也恢复了平静之后，我们再翻开历史，这个时候可能会更清楚，我为这些将士们痛惜的是，这或许就是一场尚未开始就已经注定了失败的战争，因为我们错过了很多可以通向胜利的机会，而那些优秀儿女的命运也就这样被绑在了失败的战舰上，纵然他们气冲霄汉、不屈不挠……英国远东舰队司令斐利曼特曾经分析，无论是军舰吨位、航速、武器配备等，日本舰队均优于北洋海军。其实中日两国在战前曾有过一个比赛，不，这只是个单方面的比赛，是日本人暗暗地在较劲，而大清国自建了北洋水师，修了旅顺和威海卫军港后，便觉得高枕无忧了，完全停止购买新舰、添置武器设备。在海战中发挥了巨大作用的速射炮，日军有97门，而中国军舰上竟无一门。1894年3月，北洋海军提督丁汝昌曾建议在主战舰上配备18门新式快炮，用银仅60万两，但他的提议被搁置下来了，几个月后，甲午战争便爆发了。或许历史并非没有给我们机会，我们错过了。开战三年前，1891年5月，户部却宣布："因部库空虚，海疆无事，奏明将南北洋购买枪炮船只、机器暂停两年，藉资弥补。"然而，历史学家查核了，当年清政府的财政盈余应为1000余万两，这么多的钱弄到

哪里去了？挪用了。比如为慈禧修颐和园还有皇家的三海宫苑挪用的海防经费就达1300万两白银，北洋海军七艘主力战舰才花银778万两，历史学家戚其章悲愤地写道："如果能将园工用款用来购置新舰的话，那么，差不多可以用再添两支原有规模的北洋舰队，甲午战争的结局将会全然改观了。"再看看日本，1887年睦仁天皇发布敕令："立国之务在海防，一日不可缓。"此后六年，每年他都省出内廷经费30万元充实海防，并要求文武官员纳其薪俸十分之一补充造舰经费不足，国家的军费也逐年增加，到甲午战争前夕，日本拥有的舰只实力，已经超过北洋海军，他们等待的不过是获取胜利的时机罢了。再往前看十年，中法战争时，日军派高级将领至前线了解情报，关注每次战争情况，总结清军的短长；另外，间谍工作也早就开始了，甲午战争中日军对登陆地点选择极其成功，正是赖于多年来间谍工作成果……仗不用打几乎高下立判。

面对着那片大海，我觉得每一朵浪花都是咸咸的眼泪，那是屈辱的眼泪。从某种意义上讲，大清国尚可挽回一线生机的战争就这样被自己给葬送了，包括那么多优秀儿女的生命。著名作家冰心的父亲谢葆璋海战爆发时就在来远舰上，他身边的战友肠子都被打出粘在烟筒上，停战后，他才把烤干的肠子撕下来，塞进去世已久的战友腹中。来远舰后来在刘公岛战役中被鱼雷击沉，谢葆璋泅水上岸幸保一命。然而，冰心头脑中始终刻着母亲那段度日如年的日子：

“因为海军里福州人很多，阵亡的也不少，因此我们住的这条街上，今天是这家糊上了白纸的门联，明天又是那家糊上白纸门联。母亲感到这副白纸门联，总有一天会糊到我们家的门上！她悄悄地买了一盒鸦片烟膏，藏在身上，准备一旦得到父亲阵亡的消息，她就服毒自尽。祖父看到了母亲沉默而悲哀的神情，就让我的堂姐姐，日夜守在母亲身旁。”（《我的故乡》）

冰心去世后，她的女儿发现冰心写在一个拆开的信封上的一段文字，题目就是“甲午战争”。这是冰心晚年一直想写的小说，但是每逢提笔，感情便不能自抑，泪流满面，有时候甚至是号啕大哭，这个信封上的仅存的文字还有被泪水模糊的痕迹。她终究

没有写出这部书……

## 二

那天从灯塔下来时，我注意到路旁有槐花。我想到了冰心文章中描述的白纸门联，那就是槐花这个颜色吧，它们被风吹起，哗哗的声音会带给人们怎样的感受。不知道，1895年，这个小山丘上槐花也是开得这么盛吗？不知道那阵阵槐香是否掩盖了刚刚过去的血腥？

这种树，普通得不能再普通，在很多城市中已经很难见到了。梧桐、银杏、水杉，这些树木听着名字都高贵；相比之下，槐树就是一个乡巴佬，这个乡巴佬在大连可是随处可见，不论是公路旁，还是房前屋后，有高高耸立的，也有矮矮的，多得人们对它已经熟视无睹了。我没有见过谁去珍爱它们，不论天多么干旱，没见谁给它们浇过水，枝枝叶叶什么时候需要了就砍下来，能长成材的，做房檩子，做车辕子，不成材的，索性砍了当柴火，当篱笆。要说它长得好，长得美，那真是得天地之气自我修炼的结果，没有谁会培育它关注它，哪怕给它一丁点修修剪剪，人们把这种功夫都用在可以结出诱人果实的果树身上了。大约家乡的好多事情都是这样，都是没有高贵出身的老百姓物件，它们身上没有什么让人眼睛一亮的东西，枝干普通，叶子也不稀奇，花儿小又不诱人，不像松竹梅兰赚得多少人的美妙的言辞啊，可它们都经得起摔摔打打。这一切倒有点家乡人的脾性，往往都是其貌不扬的，永远不会给人木秀于林的感觉，但《辞海》上说槐树“木材坚硬”，老实巴交的家乡人上来“倔”劲儿连玉皇大帝都奈何不得，正是木中的坚硬。

甲午战争中，“曲氏井”的故事至今仍在流传。1894 年 11 月 6 日，日军攻陷金州城，一群虎狼开始了烧杀劫掠。史料记载：“遇有难民，不分男女老幼，枪击刀斫，直杀至西门外始止。”日本的随军记者曾经这样描述过劫掠后的金州城：“因战乱，居民四散，官厅、民家皆紧闭门户，寂然无声。市街上，到处杂陈着清兵和市民的尸体以及死猪、死狗等。还有歪倒的军旗遗弃在地，衣服、家具散乱各处，光景极为荒凉惨淡。”半个月后，更为惨烈的景

象在旅顺重演了，在南京大屠杀之前的四十年，日军就在中国土地上施展过他们的兽行。就是在这样的情形下，金州城内曲氏一家老幼妇女十人为保节投井自杀。死亡成了弱者别无选择的武器。同样是金州，南关岭的教书先生阎世开被日军抓去，以金钱为诱饵，希望他能为日军进攻旅顺带路。面对刀剑，文弱的教书先生却丝毫不惧，痛骂侵略者的不义，见日军听不懂他的话，便提笔书写："宁作中华断头鬼，勿为倭奴屈膝人。"日军把他推出去，剖心挖肝……不论曲氏一家，还是教书先生，都是"小人物"，在中国历史上恐怕永远也不可能与刘邦、项羽并列，然而他们也都像槐花一样，守着自己的本分，该开花的时候开花，需要交出生命的时候也从不犹豫。

或许看多了那些名贵的树木、娇艳的花朵之后，你才会觉得不起眼的槐树也有令人难以忘怀之处。特别是槐花，一串串，细小的，无论如何没法与牡丹竞胜，可它的香气也不像丁香那么腻，也不像有些花香那么刺鼻，它清醇、沁人心脾，仿佛能打开你所有感官和心胸。傍晚时分，初夏的风拂面怡人，阵阵槐香让你不由流连街头。令人熟视无睹的槐树却用无处不在的花香包围着你，让你如同置身母亲的怀抱中一样温暖、舒适。在北方，桃花红了，梨花开了，杏花落了，春天里争先恐后抢足风头的花儿都寂寞的时候，槐花才不声不响地登场了。这个时候，时令已经告别春天的娇艳，即将迎来夏日的炽热，一年最为繁盛、灿烂的季节是槐香报的信，天地间都因为这股清香而被搅动、活跃起来，街头上女孩们的装束也开始争奇斗艳。

槐花开时，玉米刚刚拔苗，田野中一片葱茏。为了摘槐花，我会央求大人在木杆前面绑一个铁钩，这样踮着脚尖就可以钩下槐花了。有时，奶奶在旁边看着着急，也会来帮我。摘下的槐花，放在掌心，闻一闻浑身清爽。一粒粒摘下，细嚼慢咽，香甜入口。有人用它蒸饭，也用它和面蒸馒头，可惜我没有吃过。我们家房前屋后树木比较多，与小朋友们争着生吃槐花的情景倒总不能忘，有时连叶子都撸到嘴里了。自然生长的东西，一年只有那么十天半月可供享用，错过了就又是一年，大家谁也不想错过，那几天也真像过节一样，忙坏了孩子们。当然，槐花谢了，绿绿的树叶

也够孩子们玩的，摘一片放在嘴里，像哨子一样可以吹响；叶梗也可以编各种东西，从项链到草帽。农村孩子没有玩具，大自然就是他们的玩具王国。

孩童们不会去承担历史的沉重，然而一个成年人却不能没有他的记忆，尽管，记忆带给人们的并不都是愉快的心情。这些年，我虽然谈不上走南闯北，但也在东奔西走中接触了天南海北的人，大家聚在一起说说笑笑，却也都能看出来，每个人都是带着各自的“背景”的，飞机可以在两个小时内把我们送到同一个宾馆或会议室，但是就是用上二十年也消融不了各自的背景，这是生养我们的土地加给我们的。那么，就正视它吧，记得有一次大家谈起各自的家乡，如会稽乃报仇雪耻之乡，燕赵为慷慨悲歌之地，那么，大连呢？我们有美丽的风景，有丰富的物产，有……突然我又感到了心头在隐隐作痛。近代以来这块土地承受了太多的屈辱，日本人劫掠后，是俄国人的凌辱，接着又是日本人的蹂躏。尤其是每一次到旅顺，我都觉得被压得喘不过气来。我也常常想，记住这些为了什么，有必要吗？看看今天的旅顺，山清水秀、桃红柳绿，还有必要把那么沉重的记忆压在心头吗？

今年，槐花开的时候，我再一次来到旅顺。这一次看了日俄战争的很多遗迹，讲解者非常详细地给我们讲了战争的过程，总的结果是俄国人苦心经营的旅大，在屈辱的惨败后，不得不双手奉送给日本人。在那一刻，我做了一个非常不专业的联想，那就是1945年，不论现实条件是诱人的还是苛刻的，我想苏军都一定会出兵东北的。为什么？他们还要为四十年前的屈辱雪耻。别忘了，那是个打败过拿破仑的民族，那是个在极端困难的条件下战胜法西斯德国进攻的民族，一个民族什么都可以丧失，唯独不能丧失血性。当然，重要的不是复仇，复仇并不值得提倡，重要的是要从失败中真正地站起来，不回避屈辱，也不再总是错过、总是失败，更不能总是糊里糊涂地失败！

站在旅顺的土地上，回顾中国近代史，我们不能回避这样的问题：在新一个世纪中，背负着沉重历史的大连在未来的中国历史上还能扮演什么角色？我们不能只顾低着头走路或者闷着头坐车，有时候必须得有一种历史自觉。

那天，从黄金山炮台走下来，我又闻到了久违的槐香。那一刻，我突然想：其实，一百多年前的槐香，与今天的并没有什么两样。不过，我们却走不回去了。

## 三

大连槐树很多，号称“槐城”，每年还有槐花节，那时节，城里乡下槐香四溢。最令人陶醉的是石道街那段，这里两面是山，街在谷中，槐香自上而下，随风入鼻，顿时让你感觉到这个世界的芳香、洁净、一尘不染。槐花以其洁白，以其清香，在都市的污浊中营造出一个独特的世界，这个世界让你感觉一切都充满了清香，悠远的清香，让你感受到很多平淡的日子的魅力、世俗人生里的超越。

在记忆里搜索这种清香，我觉得它属于少男少女的季节，属于情窦初开的心怀，人与这种气氛都很单纯，心无渣滓，只有纯情。或许有人说，世间并无纯情，我不反对这种说法，但我想说如同花开一时，人的生命中也必有纯情绽放的那一刻，如果你不曾有过或者不曾感觉到，那太遗憾了。我很庆幸，没有错过那些槐香四溢的季节。在初夏，我常常从大连图书馆走出来，对面白云山飘下的槐香会让你放慢脚步，踱步到石道街有另一种风景。那时大连的车不像现在那么多，石道街给我的印象是一幅清净的老油画：往山上走的石阶长满了青苔和矮草，两旁人家稍嫌老旧的楼房墙上爬着绿藤，还有开着紫色小花的植物……槐香让这一切都融进了记忆中，空气中的香甜隔开了现实世界，带给了你似梦非梦的感觉。大学时光的最后两个月，我曾在这里度过。那时候，我们在一所学校里实习，住的地方是在南石道街的学生公寓。夏天来了，我却不知等待我的是什么，很迷惘，但又非常贪恋这段日子，期盼时间的脚步慢些再慢些，恨不得人生长久驻留在这一刻才好。我小心呵护着那段槐香阵阵的光阴，生怕不小心丢失了它，而有它相伴，我仿佛又可以舍弃掉一切，什么人生前途都可以不考虑。初夏的夜晚，我贪恋那槐香，贪恋山风，贪恋星空。我们坐在石道街的台阶上，恨不得夜被无限拉长，因为我不知道天亮之后，我的身边还会不会有它的清香，也不知道今生今世还是否

有相聚的机会。微风吹过，树叶沙沙，香气如脉脉目光，我的耳畔飘过轻轻的歌声，偶尔的车灯瞬间照亮身边人的脸庞，我想哭，但幸福得哭不出，而内心中忧伤又不敢想将来。那槐香阵阵的夏夜，那夏夜的阵阵槐香，多少年后，它们还熏暖了我一个个寒冷的梦。

到了上海以后，我发现连槐树也很少见了，更不要说那缕缕清香了。是的，不是什么时候都会遇到槐香的，这些年来每年几次回大连，却总也赶不上槐花开的时节。有一年春天在北京，忙完了工作，傍晚我一个人去吃饭，走在街头，毕竟是北方，北京的一切都能唤起我的回忆，让我感到亲切。我看到了路边的槐树，虽然不是我熟悉的刺槐，但那枝叶中我仿佛闻出了清香。一年四季，东奔西走，只有停歇下来的一刻才会想到家乡。我想起前几年，听说槐花泡水喝能够治病，爷爷在槐树开花的季节给我摘了好几塑料袋，而且都一点点晒干了。拿到我面前，我吃惊于他怎么弄那么多，可以想象花费了多少工夫。可惜，那些槐花我只喝了一两次，就再也没有动它，后来搬家时都扔掉了，我时常心中隐隐作痛，觉得辜负了爷爷的一片心。而今，爷爷去世，此生再想享受那份高情厚谊已不可能……时间过得太快了，它带走的东西又太多了，就在槐花的开开落落中，我的头上也能寻出白发了。

闲来翻书，偶然发现还有位诗人惦记着槐树。那就是白乐天，他写过一首《庭槐》：

南方饶竹树，唯有青槐稀。
十种七八死，纵活亦枝离。
何此郡庭下，一株独华滋？
蒙蒙碧烟叶，袅袅黄花枝。
我家渭水上，此树荫前墀。
忽向天涯见，忆在故园时。
人生有情感，遇物牵所思。
树木犹复尔，况见旧亲知！

乐天也伤感，感叹光阴似箭。他有两首《花下对酒》，其中有言：“楼中老太守，头上新白发”，“故园音信断，远郡亲宾绝”。

在其二中，更是直白地道出了光阴流水的无奈：

仰首看白日，白日走如箭。
年芳与时景，顷刻犹衰变。
况是血肉身，安能长强健？
人心苦迷执，慕贵忧贫贱。

“年芳与时景，顷刻犹衰变。”在宇宙、光阴中，作为个体的人能够主宰什么？似乎什么都左右不了，甚至包括你自己，就像当年在南石道街的学生公寓中，我能选择自己的前途、自己喜爱的人和事，哪怕是一个清香四溢的夜晚吗？得到了，可以振振有词地说：功夫不负有心人；得不到，就怨愤地说老天不公。只有当这个结果对你失去了任何实际意义的时候，你才会体会到结果是不重要的，才能不是酸酸地而是真正淡然地说：结果是不重要的。很多事情，如槐香，不能掬在手，不能拥入怀，也无法长久存下它，只有置身其中去体味才能够感受到它。

历史是不是也是这样呢？人们在浑然不觉中创造了历史、改写了历史，当我们觉得渺小得如同海里的一滴海水，完全决定不了海浪走势时，或许还有另外一种结果，你也可能是压死骆驼的那根稻草，毁溃千里长堤的蚁穴。总结甲午海战失败教训时，有的将领曾经指出："中国所制之弹，有大小不合炮膛者；有铁质不佳者，弹面皆孔，难保其出口不先炸者。即引信拉火，亦多有不过引者。临阵之时，一遇此等军火，则为害实非浅鲜。"这也是日本军舰多艘中弹，甚至有的被击中要害，却无一艘沉没的原因。或许，一个引信就改变了一段历史和千千万万人的命运，也许，我们就是那个装引信的工人，历史似乎如雄鹰在高空中飞翔与我们毫无关系，但我们这份卑微的工作在那不可知的未来却实实在在遭遇了历史。

在历史的重要关头，也总有很多"先觉者"，他们身居高位，闻风而动。他们都是牡丹、梅花，都有着夺目的光彩，有着世俗的名位，但我觉得它们唯独缺少槐花的那种清香，那份守着自己清香的素淡。甲午战争中有个"不识时务"的福建道监察御史安

维峻，战争期间，他上了四十多道疏，反对议和，到最后老佛爷已经决意议和时，他竟然要以死相争，上了这样一道疏：“此举非议和也，直纳款耳。不但误国，而且卖国。中外臣民无不切齿痛恨，欲食李鸿章之肉。而又谓议和出自皇太后旨意，太监李莲英实左右之。此等市井之谈，臣未敢深信，何者？皇太后既归政皇上矣，若犹遇事牵制，将何以上对祖宗，下对天下臣民？至李莲英，是何人斯！敢干预政事乎？如果属实，律以祖宗法制，李莲英岂复可容？”（《请诛李鸿章疏》）痛快！要不是翁同龢力保，他可能会被砍了头。历史的账本是窄窄的，就是被砍了头，他也未必能“留取丹心照汗青”。然而，那又怎么样呢？他就是要尽一份谏官的职责，这个职责让他不能沉默。没有必要夸大他的行为意义和价值，但对于每一个人而言，也不必看轻自己这一份责任。这令我想到了沈从文的一段话：“我看到小小渔船，载了它的黑色鸬鹚向下流缓缓划去，看到石滩上拉船人的姿势，我皆异常感动且异常爱他们。我先前一时不还提到过这些人可怜的生，无所为的生吗？不，我错了。这些人不需我们来可怜，我们应当来尊敬来爱。他们那么庄严忠实的生，却在自然上各担负自己那份命运，为自己、为儿女而活下去。不管怎么样活，却从不逃避为了活而应有的一切努力。他们在他们那份习惯生活里、命运里，也依然是哭、笑、吃、喝，对于寒暑的来临，更感觉到这四时交递的严重。”（《历史是一条河》）

我们曾可怜过槐花吗？比如，在高堂华屋中，我们看过菊花展、兰花展、梅花展，却从未有谁这么认真对待过槐花。可是想一想，那个环境确实也不适合槐花，它就是在风里雨里被摇荡着，在阳光雨露中低着头，在人们不舍的梦中还香着。此时，我觉得从不名贵的槐花也是有品格的，我多么盼望它也成为大连这座城市的品格！

林那北

福建省作家协会副主席，福州市文联副主席。曾用笔名“北北”。《中篇小说选刊》社长、主编。已出版长篇小说、小说集等十五部，作品多次被《新华文摘》《小说选刊》《小说月报》《中篇小说月报》转载，入选《中国文学年鉴2002》《2003中国年度最佳中篇小说》《新世纪优秀中篇小说选》等数十种年度权威选本，有小说被译介到海外或改编成影视作品。代表作有《寻找妻子古菜花》《浦之上》《唇红齿白》《王小二同学的爱情》《我的唐山》等。

——作家视角下国际航运中心建设10年的大连

# 狮子那颗沉甸甸的牙

○林那北

如果时间往前推移110年，也是这般燥热的七月，几声粗糙夸张的鸣叫在旅顺口上空响起，是火车。个子高大肥硕的俄国人扛着长枪大炮来这里已经有几年了，跨过天寒地冻的西伯利亚，他们两眼闪着绿光，离乡背井千里迢迢抵达别人的土地，连铁路也大摇大摆地修过来，因为这里是他们所垂涎的“远东不冻港”。

渤海在左，黄海在右，像一颗大门牙般从陆地伸到大海上的这个半岛，在很长一时段里，给我的感觉都是疼痛。甲午年在左右两边的广阔海域上，六十多万清军对抗来犯的二十多万日军，结果呢？人家死了一万多人，我们却倒下三万多人，清政府花巨资打造的北洋水师全军覆灭，苦心经营数十年的海军精华尽失，并且付出2.5亿两白银的战争赔款，王朝脸面扫地，元气大伤。1894年那年冬天，旅顺该是冷彻骨髓了吧，攻上

岸来的日军耐心地花上三昼夜大开杀戒，除了三十六位收尸用的民工，全城两万多人无辜命丧黄泉，血流成河，冤魂随着起落的潮水汹涌，久久呜咽。

不知是否有人做过统计，总面积不过506平方公里的旅顺口，今天究竟还残留着多少当年的古炮、旧战壕和老军营？电岩炮台、白玉山炮台、东鸡冠山炮台、西鸡冠山炮台、黄金山炮台……在起伏错落的海岸上，它们像一块块伤疤昭示着曾经的灾难。1898年，俄国人开始把火车铁轨往这里铺时，他们做的也是长久盘踞的梦。只是在1904年，也就是火车驶来的第二年，日本人又狼一样扑过来了。

那天在东鸡冠山“旅顺日俄侵华战争罪行陈列馆”里，我们看到关于这场战争的纪录片。奸滑、狡诈、凶残、卑鄙、下流、暴戾……这么多料峭险峻的极端贬义词都不足以形容双方两眼通红仇恨厮杀的场面，足足七八个月，烽火连天、弹雨如注，他们像两只疯狂暴虐的野兽，比赛般竭力把人类最丑陋的面目铺展在美丽的山海之间。二十余万人死亡，三十多万人受伤，八万多人被俘，军舰被毁近两百艘，这是日俄双方最终的损失统计。从东鸡冠山北堡垒旁走过，混凝土和鹅卵石灌制而成、外面还有两米多厚沙袋和泥土覆盖的堡垒至今犹存。我在呈不规则的五角形堡垒外伫立许久，明丽的阳光正奔放地倾泻而下，坚硬的墙体被一寸一寸浸染出温馨柔软的杏黄色。它是如此壮观宏伟，垒内周长竟达 496 米，面积则有 9900 平方米，并且指挥部、士兵宿舍、弹药库、暗堡、侧防暗堡、暗道、炮阵地、雷道、楼梯井、护垒壕……一切多么井井有条，壕外山坡上甚至在那时就已经架设起高压电网，恍惚间会觉得这是为了人间更友爱温暖而竭力付出的创造性建设，一土一石都是对幸福生活徐徐降临的无限期许——从建筑学意义上看，它们确实宏大、壮观、磅礴、精美，几乎有震撼人心的巧夺天工，可是一想到这一切竟然是为如何杀人和如何防止被杀而殚精竭虑设计建设的，顿时就唯有恶心与绝望。

以我们今天的思维已经很难理解那个王朝的荒谬逻辑了，自己的国家自己的土地，两个外族挤进门来争得丧心病狂，无数村庄和百姓被殃及，遍地尸骨森森，而朝廷却袖起手保持中立，两

边都惹不起也不敢惹，以至于当俄国人伤痕累累败退回国后，这个被称为京津门户的兵家必争之地，又拱手让日本人霸占长达四十年。

那天登上白玉山时看到顶上赫然戳着一座六七十米高的巨塔，状若蜡烛，又似炮弹。它是日本人留在这片土地上的一个旧物，建于1907年，也就是日俄战争结束后的第三年，之前叫“表忠塔”，后来改名“白玉山塔”。向塔走近，手举了举，巴掌想按上去，忽然心猛一紧又迅速收回来，一股寒意突如其来：砖石砌出的塔身上，还残留着无数中国民工的鲜血吧？或者也有侵略者的汹涌杀气？

站在塔前往东南方向眺望，整个旅顺港就尽现眼底了。黄金山、白银山、北斗山、老头山、老虎尾、鸡冠山，以及老铁山、白玉山等等，它们错落起伏地携手相连，团团围出一圈蔚蓝如画的东西内港，仅余两百米左右的一个狭长险峻的开口与外面大海相连。狮子口！这是元朝时旅顺口的古地名，唯有此时，站在此处，才真正体会到这个名字的形象、准确与传神。或者打开全国地图来看，整个往前突起的辽东半岛其实都更像中国这只大狮子沉甸甸外翘的门牙。风和日丽之下，今天的港是安静的，也是繁忙的，高耸的吊车与一艘艘停泊或正装卸中的巨轮都悠哉从容，一股为新生活而劳作的欢喜漫天弥散。

长吁一口气，为不再烽火连天庆幸，也为这块土地不再成为外族口中食而庆幸。这是我们自己的家园自己的港，一草一木一山一水都可以自由握在手中，深深地爱抚，流连忘返。

火车汽笛传来，俄国人在1903年建成通车之后日本人又续建的火车站就在白玉山脚下，与东西港咫尺之遥，至今仍正常运行，每天有两列火车通向远方。车站不大，精巧的铁皮塔楼状似草帽，上面覆盖着鱼鳞般的草绿色瓦片，窗也透绿，在精白的墙体烘托下，散发着浓郁的异国风味。在《幸福时光》《末代皇帝》《大道如天》等几十部影视剧里，我们曾看到它的身影，它立在那里，像一张被定格的老照片，提醒我们别把过去那段耻辱史丢到脑后。

陈昌平

辽宁大学教授、作家。笔名桑平。山东牟平人。1963年生人，1985年毕业于东北师范大学中文系。同年入大连外国语学院汉语教研室任教师。1988年调大连日报社文艺部工作。1994年以后先后在大连金生实业公司、大连瀚辰贸易公司工作。2007年加入中国作家协会。著有中短篇小说集《国家机密》，中篇小说《英雄》《汉奸》《肾源》，短篇小说《特务》《大闸蟹》。中篇小说《英雄》2005年获第四届辽宁文学奖，中篇小说《国家机密》入选中国小说学会2004年度中国小说排行榜（中篇小说），独立编剧的《太阳小队》1996年获第十七届全国电视剧飞天奖一等奖、辽宁省“五个一”工程奖。2004年获辽宁省第七届优秀青年作家奖。

——作家视角下国际航运中心建设10年的大连

# 我与大连这座城

○陈昌平

在大连生活了四十多年，今天，终于要拿起笔，写写这座城市了。

起因竟是如此庄重。

2013年夏天，为了纪念大连东北亚重要的国际航运中心建设十周年，大连市港口与口岸局组织几位著名作家来连参观采风。我忝列其中，市区观光、老码头游览、集装箱公司学习……几天下来，感受这些建设者的抱负与雄心，目睹港口的沧桑与变迁，收益颇丰。面对主办方盛情的要求——给我们写一篇稿子吧，我便欣然答应了。

回坐书房，方觉得这样的应答有些唐突了。

虽说主办方的要求比较宽泛，但是，谁都知道，大连是座“以港立市、以港兴市”的城市。港口的历史与城市的历史，两者之间是一个完整的等号。写港口，就是写大连呵。对于一个写作者来说，写一座城市，写一座人人熟悉的城市，显然是出

力不讨好的事情。

既然领命，怎能违约？盘点与会的诸位，我大约是最为土生土长的一个了。于是，有了压力，也有了点小小的自信。

思忖几日，一个叙述角度在我心里清晰起来了。就写写我与这座城市的历史吧。既然这座城市的历史就是港口的历史，那么，我的个人的叙述角度，不也就是我与港口、我与大海的历史了？况且，政府经营城市，从根本上说，不就是为了我等百姓的福祉吗？如此说来，个体的叙述角度不正是对政府执政为民理念的补充、丰富与监督吗？

弱水三千，取一瓢饮吧。

## 一

昌黎街是一条不长的街巷。就算是老大连人，也未必知道这个地方。如果打出租车，碰巧遇到了一位新司机，你只要说一句兴工街，司机便大约知道昌黎街的方位了。

再具体一点，你就得这样说了：天兴罗斯福的后面，长兴市场的南边。

四十年前，喧嚣的长兴市场还只是一处狭长的空地，辽宁海城地震时，这里搭建出许多防震棚。这一带最高的建筑物，很长一段时间，都是长兴市场对面的消防队瞭望塔。

那时候，大连叫着另外一个名字：旅大。

兴工街，位于沙河口区中心地带。东起西安路，西至大连机车厂，北起沙河口火车站，南临泉涌街道。说起兴工街，看名字便知道，这里是产业工人聚集区。机车（大连机车车辆厂）、起重（大连起重机厂）、工矿（大连工业矿山机械厂）、大玻（大连玻璃厂）……大连西部的几个巨型企业都扎堆在这一带。

昌黎街只是依附在兴工街身边的一条短短的街巷。昌黎街49号，一座普通的红砖平房。自1963年始，我在那里生活了12年，整整一个生肖轮回。

昌黎街居民大多是周边厂矿的工人。国营大企业的自豪感，洋溢在成年人的举手投足之间，粗声大气，孔武有力。

这一带居民，双职工居多。只是，人们的生活方式并不因职

业有所改变。八小时之外，昌黎街更像是一个村庄。那时候，家家户户的居住空间都不宽敞，除了冬季，除了睡觉，人们大多的活动场地都在屋外。门口就是饭厅，如果有个小院——哪怕是几家合用的，那就等于多了个客厅。至于马路，一年四季，都是孩子们的操场。

昌黎街一带，大多家庭没有煤气、自来水和厕所。吃水要凭着水票，在规定的地方和规定的时间排队接水。厕所是那种现在想起来都恐怖的旱厕，每天早晨都有人跺着脚排队……担水、摘菜、倒炉灰、剁鸡食，生活琐碎而又艰辛。我肯定，生活在那个年代并且记忆力正常的人们，当回忆起那段光阴的时候，舌苔的下面依然能泛起一阵苦涩。

说来至今难以置信。兴工街当然不是郊区，但是冬天，雪地上却经常出现梅花状的足印。童年，我不止一次听说，西山下来的狼经常到兴工街觅食。母亲至今记得，一个冬夜，五四公园旁边的盲哑学校养的两头猪竟被两头狼撕扯和撵着，从公园驱赶到现今第二百货商店的门口……现在想来，狼大概不是进城旅游的。

他们是被饥饿驱使着，来下山觅食的。

一年到头，清晨，睡意朦胧之中，经常听到一个奇特的声音。那声音，与其说是从空中传来的，莫不如说它是从地下传来的。那是码头传来的汽笛声，粗重，短促。

一声汽笛，就能震动大半个大连。那是20世纪70年代的大连。超过三层的，就算高层建筑了。最高的建筑，就是青泥洼桥一带的几座高楼了：秋林公司、渤海饭店。汽笛的吼声穿越没有遮拦的城市上空，几乎覆盖了整座城市。

这个声音好像在告诉人们，天快亮了，起床吧。

## 二

汽笛似乎在提醒我们，我们生活在一座沿海城市里。

大连不像青岛，市民有着绵长的亲水线。大连的海岸线，几乎被广场和码头瓜分完毕了。三面环海的城市，市内也仅有老虎滩和星海公园几处公园。至于黑石礁，童年，那里已经属于郊区了。

因为有了公园，童年的快乐陡然丰富多彩起来了。

从小学一年级开始，每一年，学校都组织我们野游。是的，当时就叫野游，很洋气的叫法。看电影、参加运动会、学工学农……所有的活动中，我们最喜爱的就是野游了。那时候，每周休息一天，节假日也没有现在这么多，赶上个星期天，家长们哪有心思带孩子出去游玩。若是秋季，我们还要跟在大人的屁股后面从事家务劳动，买冬菜、买煤、挖菜窖、脱煤坯……在这样的日子里，有了野游，不是节日是什么？

野游至少占用一天的时间。准备与回味，又放大了这种快乐。我们去得最多的公园，自然就是星海公园了。东边的半岛、半岛上黄色琉璃瓦的凉亭、白色的厕所、红色的标语墙、淋浴房……我能一寸一寸地想起公园的一切。而且，景色还会跟着我一块成长。比如 20 世纪 80 年代，海边冒出一个少女骑海豚的雕塑——丑丑的；比如 20 世纪 90 年代，岸边树起了一个蹦极的铁架子——怪怪的。

上中学的时候，我们开始自己结伴出游了。四分钱的电车票，咣里咣当地把我们带到星海公园。

外地游客，大多喜欢在东边的海滩。我们“图稀”清净，喜欢在西边洗海澡。记忆中，一条暗渠，带着褐色的污水，潺潺流入清澈的大海。

那个年代，类似的暗渠、污水，在生活的表层下几乎比比皆是。只是我们太年轻了，我们不会怀疑，也不懂得思考。

一年四季，我们都能享用到各种海物。菜市场里，一年四季都有小鱼小虾。更多的时候，海物需要我们自己去捞取。

大连人的日常生活里，有一项工作，叫做赶海。

其实，赶海经常是跟洗海澡结合在一起的。大人们拿着铁丝做成的耙子，算准时辰，赶在退潮的时候，扰着小筐，撅着屁股，在滩涂和礁石之间“耕耘”，收获一点或一些海物，给苦涩的舌尖增添一点味道。

在我记事的时候，家里就有一件奇特的物件。这是一个梯形的木桶，底面是一面玻璃。稍大，我知道这叫水斗，原理类似于游泳用的水镜，是父亲专门赶海用的。

市内的海，即便退潮甚至退大潮，也已经很贫瘠了。于是，人们就到更远的海边。父亲去得最多的地方，是旅顺的黄泥川。

早上三四点钟就骑着自行车出发，从昌黎街到黄泥川，大约要骑行三个小时吧。

天快黑了，就盼着父亲归来，也盼着早点看见箩筐。时至今日，家人说起那段日子，还会记得，有一次父亲竟然赶回了大半筐螃蟹……那是怎样的美味与幸福呵！

我印象最深的一次，苦苦地把父亲盼回来了，赶紧扒开竹筐，只见筐底躺着一只螃蟹。嗯，只是一只。

更多时候，父亲会赶回一些海带、海菜什么的。海带可以晒干，在冬季只能吃到白菜萝卜雪里蕻的时候，海带不失为另一种美味。至于海菜，可以喂鸡喂鸭。20 世纪 70 年代初期，几乎家家都要养鸡养鸭。哪舍得吃肉呵，家家户户都指望着鸡蛋、鸭蛋给身体单薄的孩子补补营养。海菜成了鸡鸭的主食。剁碎，然后掺上一把苞米面，再掺和进一点砸碎的海蛎子壳——据说这样喂的鸡鸭蛋壳结实。

饥饿驱使着人们上山、下海。比起内陆的居民，大连人民幸运地多出了这片大海。三面环绕的海洋呵，比土地更牢靠、更皮实。簇拥着大连的大海，难得一副好脾气、好性格。它不像南方的海水，动辄在台风的驱动下扑向陆地，肆意地涤荡房屋与庄稼；也不似纬度更高的海岸，冬季结冻，满面冰霜。大连的海，没有旱也没有涝，不惧风雨，四季不舍地哺育着大连人民。

在那个精神贫瘠的年代，大海是大连人民的游乐场，给可怜的芸芸众生提供快乐和笑声；在那个物质匮乏的年代，大海是大连人民的另一个菜市场，无偿地给清贫的餐桌上增加了一点营养和味道。

那时候就知道，还有一群更勇敢的人，可以一猛子扎进海洋深处，捞取珍贵的海参、鲍鱼。当然舍不得吃了——这可是用命搏来的呵，晒干的海参鲍鱼，可以卖给手术后急需康复的人们。

这群骁勇的海碰子里，或许就有后来的作家邓刚吧。

记得阿尔巴尼亚电影《第八个是铜像》里，红军战士易卜拉欣对盐商说，海是人民的，所以盐也是人民的。

现在大海成了商品。养海、包海，成了一份堪比房地产开发的行业。大连林林总总的海参品牌，即使在北京、上海，也随处可见。

其实，真正认识大连这座城市、认识这片海洋，还是十几年后外出求学的事情。而当年，在辽东半岛南端这条普通的街道上，我们感受不到这座城市与另一座城市的区别，即便我们操着一口海蛎子味的大连话，即便我们一年四季吃着小鱼小虾。

## 三

1985年夏天，大学毕业，分配到大连外国语学院。学校亲切地面对我这个新来的大学生。宣传部、院报、汉语培训中心……院方竟然给了我几种选择。心存文学梦想的我，没有犹豫地选择了汉语教研室。

在外院，总计工作了不到三年。印象最深的，是这样一群日本人。

每年，学校都要接待很多来此游学的日本人。游学，仅凭字面理解，就知道这些日本人的日程安排了。游，就是旅游。学，就是学习汉语。游在先，学在后。

毕竟，旅游之余还要学习。每年暑假，我们这些汉语教研室的老师，都要给这些“学生”上课。

说是上课，其实就是领着“学生”朗读“床前明月光”“只是近黄昏”什么的。一个班四五十人。这样的授课，轻松，并且收入不菲，一向是我们这些基础课老师的“偏得”。

日本人的好学与谦和，给我留下了深刻印象。当然了，印象最深的，是一位大学老师。

他叫山田，来自北九州的一所大学，四十多岁，个子不高，敦敦实实，样子像一个衣着讲究的国企工人。因为履历上写着大学老师，与我同业，加之山田的汉语有点基础，喜欢提问，所以有了最初的印象。

这些日本人来自不同城市，除了外出旅游，课余时间大多自由活动，所以课间休息，也是他们彼此交流的时间。我发现，山田是其中比较活跃的一位。有一次，他拿出几张纸，与同学热烈地讨论着，继而，向我求教。

于是，我看到了四张复印纸，A3大小，前两张的标题是“大连地名新旧对照”，用日文与中文对比标示着广场、街道、建筑

物与中小学校的名字。有的，我略知一二，比如，州厅——大连市人民政府、满铁本社——大连铁路分局。大多数名字，却是第一次知晓，比如，英国领事馆——大连妇联六一幼儿园、圣德太子堂——中山公园、浪速町——天津街……右上角写着“83年订正，85年再调”。

更让我震惊的是后两页。

后两页是中山广场一带的街区图，标题是“思い出の大連都心部”，时间标注的是1960年9月9日，上面密密麻麻地写满了日文。字体很小，多次复印之后，有点模糊了。我在我熟悉的天津街一带，看到了“浪速町三丁目”和“伊势町”，看到“几久屋百货店”“船塚商店”“内田洋行”“梅园喫茶”“山口玩具店”“风月堂”“小川洋装店”……就是在那个时候，我知道了，还有一个大连、另一个大连，在日本人心里辗转、流连。

这是我不了解的一个大连。现在，就摊在我的眼前，有着一个城市所有的一切。我无法用几句话把这种感受轻轻带过。

我也看到了我就读的中学，前面标识着“大连高女”。沉睡的记忆，瞬间被山田的几张复印纸激活了。

蓦然想起，1980年前后，我正在大连二十一中学读书，上课的时间，经常就有大巴驶入学校。车上下来的，是一群群日本老人（现在想起来，都是老太太）。老太太们静悄悄地进入走廊。这种时候，我们大多在上课。老太太们沿着教室，一间一间走下来。没有喧哗，只有陈旧的地板发出吱嘎吱嘎的声响。走到我们教室门口，老师并不中止上课。教室的门打开了，老太太们站在门外，很克制地打量着教室，静静地看着我们。

都是一些保养很好的老人，目光谦和，衣着得体，举止文雅。她们没有一般游客咋咋呼呼的举动——照相啦，录像啦，更谈不上摆个pose什么的。

没有欢迎，也没有欢送。没有任何仪式。

悄悄地来，静静地走，像一群疲惫的落叶，有秩序地从这里吹来、拂去。

现在想来，当年，这些小姑娘，也像我们这个年纪吧，坐在自己位置上，安静地听课，或者大声地朗读。

只是，她们朗读的，不是我们的汉语，而是她们自己的母语。

日本人在这座城市，如此之深地存在过。如果把这段历史比喻成伤口，这是一道深不见底的伤口，深到看不见血，深到感觉不到疼。

## 四

说起大连的海，就离不开港口。而说起港口，绕不过两个国家——俄国与日本。

大连是一片被海洋三面环绕的城市。因为海洋，他一步一步地，从一个河汉纵横的小渔村，出落成今天这样一个秀美挺拔的港口城市。

传统的农耕文明时代，这里几乎是世界的角落。山东荣成成山角，号称“天尽头”。相比之下，更北的大连不是在天外头了？

但是，伴随着工业革命，海洋文明席卷世界的每个角落。大海不再是一堵墙了。它更像是一扇门，一扇连接大陆与海洋的门。

最早发现大连价值的是李鸿章，“综览北洋海岸，水师扼要之所，惟旅顺口、威海卫两处，进可以战，退可以守”，于是，1880年开始，历时十年之久，风雨飘摇的清廷置办了一具最大的家当——旅顺军港。

只是，清廷的小日子碰上了世界的大时代。这个大时代，就是帝国主义列强，凭借手里的枪炮船舰瓜分世界的时代。这样的时代，被颠覆的注定是外强中干的小日子。

最先瞄准大连的，是沙俄。在此之前，沙俄已经从清廷手里赖下了海参崴。老毛子从不韬光养晦，把这座小城命名为“符拉迪沃斯托克”，意为控制东方。

海参崴的地理位置和一年之中长达五个月的封冻期，像一块生牛排一样满足不了沙俄的胃口。狼喜欢草原，并不是因为那里空气清新，而是因为那里有羊。沙俄需要一个距离羊群更近的位置，不淤不塞的大连，不经雕琢，就是一座天然良港。

这是一扇多好的大门啊！踹开大门，即通向肥美的东北大地；迈出一步，即可直击日本列岛；蹲坐门口，随时可以进逼津门，扼住清廷的咽喉。沙俄的国徽是一只双头鹰。一面，朝向西方，

一面，盯住东方。围棋上讲究眼位。做眼即活，无眼便死。大连，就是沙俄的亚洲眼位。彼时，这只双头鹰，就死死地盯住了大连。

1897年，俄军太平洋第一舰队借口过冬，将军舰开进了旅顺。隔年，中俄《旅大租地条约》签订。串门人，露出了自己的真正意图。

比起沙俄辽阔的胃口，旅顺太小了，充其量只是一个军港，哪里能满足沙皇的远东计划。于是，就在离旅顺四十多公里的地方，他们发现了另一处辽阔得配得上他们胃口的海湾。

其实，在此之前，另一只狼已经发现了这处海湾。大英帝国的太平洋舰队为了寻找一处北方补给基地，已经来此考察、调研。依照他们的习惯，用自己女王的名字为这个海湾命名为维多利亚湾。

此湾口阔水深，四季不冻，无大河入海，故不淤不塞。陆上土地辽阔、平坦，可以规划出一座沙皇理想中的大城。

这就是现今的大连。

1898年，沙皇发布敕令：在大连湾南岸修建码头和城市。1903年8月，沙皇发布《暂时远东统治条例》，设远东总督府于旅顺，统辖后贝加尔、阿穆尔、滨海、堪察加、关东5个州和达里尼市(1902

年划为特别市，并建市政厅）、库页岛以及中东铁路沿线的俄国附属地。

就在这一年，一个深刻影响东北历史进程的事件发生了——中东铁路开工了。一个大大的T字铁路规划，像一把十字镐头，楔进了肥沃的东北大地。

这条铁路，强力地改变了东北的地理版图。一些城市由此勃兴，一些城市，由此消沉。而大连，就是这条铁路的龙头。

跟沙俄具有同样眼光的，是日本。1904年，日俄战争爆发。此战，日本人倾其国力。一年后，战争结束，沙俄把中东铁路宽城子车站到旅顺口间的铁路无条件地让给了日本，成为后者在东北“经营”的南满铁路。至此，日本人终于可以独享这份牛排了。

这份牛排太大了，日本人要慢慢吃，有规划、有纪律地吃。而且，在消费这份牛排的刀法上，老毛子与小鼻子立场惊人地一致。胜利者完整地继承了失败者的港口规划。1907年，日本宣布大连为“自由港”，接纳世界各国船只。

满目疮痍的华夏大地上，在一处半岛南端，一群日本人在中

国的版图上，开始了他们长达四十年的“关上门来搞建设，一心一意谋发展”。

纷乱屈辱的中国近代史，最为惊心动魄的几幕，都围绕着辽东半岛南端。

港口，就是这两个帝国主义国家争夺的把手。

为了达到“经营满蒙商务以大连为中心”的目的，1910年，日本人公布了《满铁海港特定运货条例》，有意提高东北各地至营口的铁路货运价格，比如，昌图至营口，每吨运价8.25元，而昌图到大连，路途远了80公里，每吨却只收6.7元。

1906年，日本人在建筑新民巨流河大桥时，有意将桥墩降低，以限制大型运输船只通过。曾经“舢舻云集，日以千计”的营口，由此衰败。中国的大连，日本的关东州，一跃成为远东大港了，为世界瞩目了。

## 五

说起这座城市的成长，有着太多的苦涩。我们打小就知道，在万恶的旧社会，中国是一个半封建半殖民地的国家，饱受帝国主义列强的蹂躏。旧社会、列强、蹂躏、解放……这些硬邦邦的词汇，像钉子一样深入在我们的记忆里。但是，我们似乎只有国家历史的概念，关于家乡的历史，更多的是民间口口相传。

以中国历史的漫长、国土的辽阔和地域文化的差异而言，任何一座城市，都应该有一部专门书籍，整理与传播这座城市的故事。更何况像大连这样的城市，殖民地统治的漫长与复杂，在全国极其少见。

许多年以来，一直有这样一种论调：如果日本人继续统治大连，现在的大连就是香港了，甚至比香港还要香港呢。我们姑且把他称为“殖民地合理论”。

手上正读一本书，解玺璋的《梁启超传》，书中谈到，建构现代文明的历史包括工艺器械建构、社会制度建构和思想文化建构三个层面。李鸿章的洋务运动，致力的就是第一层面的建设。毋庸讳言，沙俄，尤其是日本人，在这一方面做得比洋务运动更好。至于第二层面，在日本统治时期，大连确实比国内其他城市

走得更远。城市的现代化程度的提高、城市规划的科学与有效、中小学校基础设施的完备……这都是有目共睹的事实。现在的“殖民地合理论”，大多缘于此。我们的一些媒体，津津乐道于殖民地时期的城市建设，着眼点也就在这里。

但是，更应该看到的是，日本人建构的现代化，最终的目的，是传播他们的文化。也就是说，在第三个层面上，日本要实现的，是他们的文化。

劫匪对人质的呵护，他要用人质换取更多的财宝；歹徒对凶器的珍爱，他要用它猎杀珍禽异兽。一句话，日本人建设大连的终极目的，就是灭绝中华文化，实现大连的日本化。

因为进行大连口述历史的采访，我有幸拜会了几位八十多岁的老人。采访中，深深感受到日本殖民统治手法的繁多与复杂。这里仅举一例，日据时期，当局规定中小学校的日常用语为日语，每天早上都要向日本天皇遥拜，每有日军攻陷中国某座城池，学生们都要参加游行，歌颂皇军的威武，而且中国人如果改名——把王富贵改成松下一郎，每个月还可以多得一份米面。

刀入鞘，也是刀。借助于宗教与教育，日本人有效地推行着他们的殖民理论。建国后持续的政治风暴，使得我们对待历史的态度，也选取了一种狭隘的、功利的态度。“殖民地合理论”泛滥、斯德哥尔摩综合征复发，有着复杂的历史与现实的双重背景。

多少年后，我回到昌黎街。童年里的建筑物，已片瓦不留。所有的居民楼外貌近似，用材一致。我寻摸到49号的原址，那里成了一间门面俗艳的桑拿浴池。我站在门口，迎宾小姐迅速拉开门，亲切地说了一句，欢迎光临。

从昌黎街搬走之后，短暂地在西安路住了一年，然后搬到了中山公园附近的民政街。在那里，我上了大学，得以在另一个城市感受故乡。工作之后，继续住在民政街。直到结婚，单位分了房子，住到了南山附近的望海街。几年后，我搬到了中南路居住，一直到今天。

无论在民政街，还是在望海街和中南路，再也没有听见一声汽笛。

其实，这些地方跟昌黎街相比，离海港更近。

我想大概有两个原因。第一，城市长高了，幢幢高楼如同层层屏障；第二，恐怕是关键原因了，港口转移了。

这十年间，大连的港口来了个乾坤大挪移。老港口进行了世纪大搬迁。

大连在给自己定位的时候，又一次把目光投向了大海。作为东北老工业基地振兴和辽宁沿海经济带的龙头、核心，大连的港口又一次担负起历史的重任。

2003年4月，大连市高瞻远瞩，在国务院正式提出“把大连建设成为东北亚重要的国际航运中心”发展战略前夕，便成立了大连市港口管理局，翌年，更名为大连市港口与口岸局，大力推进大连东北亚国际航运中心和物流中心的建设。

中央11号文件提出了“充分利用东北地区现有港口条件和优势，把大连建成东北亚重要的国际航运中心”这一国家战略。而今，大连形成了新的三大核心港区。大窑湾港区作为三大核心港区中的中心，拥有着世界一流、国内最大、最先进的30万吨矿石专用卸船码头和18.6米深的转水码头，拥有着国内最大的30万吨级原油码头，国内最大的液化天然气码头和国内港口规模最大的总储存能力超过2000万立方米的油罐群，拥有着可以靠泊1.4万标箱集装箱码头。就在去年，大窑湾北岸港区如期开工。太平湾临港经济区港城一体化建设工程也正式启动。长兴岛核心港区建设也与大连国际航运中心建设同时起步，30万吨级原油码头试运营投产，为长兴岛世界级石化产业园建设奠定了坚实基础。

对于外行人，这些描述兴许有点枯燥。但是，见多识广的人一定知道，国际航运中心的建设，是在为一座更加重要的国际城市奠基。纵览世界范围内的35座国际大都市，有31座是凭借港口资源优势发展起来的。世界重要的经济中心，大多靠近大海、依附口岸。港口就是大连的跳板，凭借它，这座城市要在蓝色的海洋上展现更美的身姿。

海洋，又一次托起了大连，一如既往。

大连，又一次选择了海洋，继往开来。

伴随着港口的挪移，大海回到了人民的怀里。21公里的木栈道、阔气的星海广场、15库的改造……大连人离海更近了。房价的推

高，从另一个角度说明了外地购房者对大连的喜爱。

这些年，我也去了很多国家，游历了很多城市，其中既有巴黎、纽约这样的大城市，也有与大连体量相当的温哥华、朴次茅斯——哦，就是那个签署出卖大连的《朴次茅斯协定》的城市。看得多了，很难再像儿时那般为大连自豪了。但是，对大连的热爱，却与日俱增。

因为这是我的故乡。这是我们的城市。

马晓丽

沈阳军区专业作家，国家一级作家，中国作家协会会员，中国作家协会军事文学委员会委员，辽宁省作家协会理事。主要作品有：长篇小说《楚河汉界》，长篇纪实散文《阅读父亲》等等。其文学作品曾获第二届中国女性文学奖，多次获全军一等奖及辽宁文学奖。

# 码头，一个出发与抵达的存在

——作家视角下国际航运中心建设10年的大连

○马晓丽

我一直不知道该怎样表述自己与大连这座城市之间的关系。

显然，我与大连不是一见钟情的那种，似乎也谈不上日久生情。说老实话，在这座城市生活了这么多年，我竟然一直没能摆脱心中的那份疏离感和隔膜感。细究起来，我大概从来没把自己当成是个大连人，甚至也没认为自己最终会成为一个大连人。

这状态可能与我的身份有关。我是军人，军人大多是无根之人。少小离家的经历，把我的根过早地从生养我的地方拔了出来，未及成熟的根系于是在漂泊中迅速风干，很快就失去了颜色。我没有地域认同感和归属感，故乡意识极其淡薄，对生养我的那个城市缺乏认知且少有眷恋。长期动荡的军旅生涯更放纵了我的游子心态，我无论在哪里落脚，无论停留多久，都会下意识地把自己当成一个暂居者。那感觉就像我是一只停靠在码头上的船，停得再久，心下也清楚这只是一次暂时的抵达，我随时都有可能离开这里再次出发。所以，我从不关注身边的码头，从不奢望与任何一个码头发生情感上的纠葛。我是个地理意义上的孤儿，没有属于自己的家乡，没有属于自己的城市，甚至找不到一处能够认同我并与我的生命无法分割的去处。每当念及此，我的心中都会生出几许落寞的悲哀。

我很羡慕那些有根的作家。我羡慕福克纳的约克纳帕塔法，他可以不断地写那块邮票大小的地方，终于创造出了一块自己的天地。我还羡慕安德森那个住着许多精神畸人的小城，羡慕奈保尔的米格尔大街、马尔克斯的马贡多、帕慕克的伊斯坦布尔，当然还有沈从文的湘西、萧红的呼兰河和莫言的高密东北乡。我想，他们真够幸运，他们每个人都有着自己的乡土或城市。他们无论走到哪儿，无论走多远，都可以不断地回望，不断地从那个与他们的生命息息相关的根系中汲取营养。

几年前，我被邀请写一篇关于大连的文章。当时大连被评为

全国宜居城市，邀请者想请十个上榜城市的作家分别写一篇自己身处城市的散文，说我在大连就让我来写大连。这是我第一次定睛审视我居住的这座城市，第一次认真思考我与这座城市之间的关系，结果让我大吃一惊。我发现不知不觉间我已经在这个码头上停靠了近三十年，而且毋庸置疑的是，我注定不会离开这里再次出发了，也就是说，这个码头将是我生命停靠的最后一个港湾。明白了这一点，我心中的愧疚之意不禁油然而生。三十年了，这三十年里我在这座城市成家立业结婚生子，可以说我人生中最重要的事件都发生在这座城市，我生命中的大部分光阴都留在了这里，但我却从没意识到这座城市对我是如此的重要。我感到惭愧，因为我不仅从未有意识地去了解大连、亲近大连，反倒一直与自己身处的这座城市长久地隔膜着、疏离着。是的，军人的确不同于一般意义上的市民，我甚至都没有这个城市的居民身份证。但是，单单一个“军人身份”就能为我搪塞过去，成为我疏离这个城市的理由吗？

人与城市之间的关系是最隐晦、最微妙，也是最难说清楚的。

你爱上一个城市，可以因为她的容貌气质，也可以仅仅只因为一份工作或一个人。同样，你没爱上一个城市，可能是因为她的模样性情，也可能仅仅只是碰到过令你不愉快的一件事或一个人。的确，我一直觉得自己跟大连的性格有些不合，我不怎么喜欢大连那种过度张扬的浪漫，总觉得这座城市有些太过虚荣了。我在那篇文章中写道：

起初，这个城市让我有点不知所措。

那时我已经在几个北方城市间游走客居了几年。在我孤陋的眼里，北方的城市无论大小都显得有些粗粝，大的通常太理性、太生硬；小的则又往往太潦草、太仓促。所以当我第一眼看到大连的时候，心里不由得暗暗地吃了一惊。

这是一个不同于北方任何一个城市的地方。你想象不出在北方这片冰雪覆盖的冻土之上，在关东这个粗犷雄浑的肃杀之地，怎么会冒出这么一个水灵灵的去处。就像是在一群莽汉中间，你突然发现了一个风情万种的少妇。

是少妇，不是少女，也不是其他任何年龄段的女人。因为唯

有少妇才是最具风情，也是最敢于打扮自己的。

当时我站在大连的街头，不断地惊异于身边穿梭着的色彩斑斓的人群。要知道那是在以穿戴灰、蓝、绿为主的年代，那时你在任何一个城市都不可能见到这么多大胆的色彩。令我惊异的还有那些笔挺的料子裤子，这种布衣时代的高档服装，在大连街头竟然比比皆是。有一对新人正走在路上，看模样他们是回门子（大连人把新婚后回娘家的这一天称作是“回门子”）的。回门子的这对新人十分抢眼，女的穿一身红衣红裤，脚下蹬一双红色高跟皮鞋，鬓上插一支红色的绢绒花，腮上的胭脂也使得极红极浓，在当年素面朝天的人群中间，他们极具舞台感的装扮如表演般夸张。女的在前面走，毫不羞涩地仰着幸福的红脸蛋，高跟鞋的细跟在路面上踩出一串哒哒的脆响。男的在后面跟，提着一个回门子的大包袱。是包袱，而不是提包。包袱皮是回门子专用的那种，中间印着一个大红喜字，周围有些龙凤呈祥或喜鹊登枝的图案，四角交叉系在一起提在手上。这样的一对新人鲜鲜亮亮走在城市中间，城市就成了他们的陪衬，成了烘托他们浪漫的背景。

从南方来的表哥与我一起站在街头张望，末了，表哥感慨地说了一句，大连人可真敢穿！我笑。表哥是诗人，他带着诗意的想象来看大连，自然也想用诗化的意境来套大连。但他的目光毕竟是被南方的烟雨养出来的，习惯了雾里看花的含蓄，消受不了北方阳光直射的张扬和大胆。我那时比表哥也好不到哪儿去，古板、偏狭，习惯于恪守各种各样的教条、教规，喜欢用挑剔的眼光审视周围。隐隐地，我感到我与这个城市的性格有些不合。

我那篇文章的题目是《与一个浪漫的城市相处》。在那篇文字中，我试图摸索自己与大连的关系，试图理解这个城市的性格。这是个因码头而兴的城市，在这个城市中，码头是最重要的一个存在。有了码头，才有了承载着梦想的出发和充满了希望的抵达，有了无数的出发和抵达，才有了这座城市，有了这座城市别样的容貌和独特的性情。一个城市的性格形成，必定与她过往的历史有关。我想，当青泥洼那个宁静的小渔村被新沙皇尼古拉二世指为码头的那一刻，当沙俄财政大臣维特为这个码头起了俄国名字“达里尼”之后，当那个叫萨哈罗夫的俄国人在码头的基础上构

思这个城市的时候，就已经把不同的文化带入了这个城市的胚胎。

有那么一段时间，我喜欢上了大连的广场。不是喜欢广场的模样，而是喜欢由广场连缀起来的城市的浪漫姿态。大连的姿态完全不同于传统的中国城市，她的街道不是方方正正的经纬分割，而是以一个个圆形广场为中心向四周放射。方方正正的城市布局太规矩太有条理了，而太规矩太有条理的东西就很难给人带来惊喜。大连不是这样。走在大连的街道上，我永远不知道脚下的路是直的还是斜的，永远不知道我明明走在这个广场放射的光芒里，怎么会突然就临近了另外一个太阳般的广场。这样充满悬念的行走令我十分着迷。

很久以后我才听说，这个城市的姿态是由那个叫萨哈罗夫的俄国人设计的。令我吃惊的是，这位第一任市长在设计这个城市时，竟参照了浪漫之都巴黎的圆形城市布局，而巴黎式圆形广场的本意就是象征太阳，围绕广场放射的街道就是象征太阳的光芒。我想，连萨哈罗夫自己也不曾想到，当他仿照着巴黎的姿态来建造这座城市的时候，就已经于不经意间把那个浪漫之都的某些基因注入了这个城市的血脉之中。

大连是个“混血儿”，从这个意义上讲，浪漫是这个城市无法回避的宿命，而偏偏这个城市又是我无法回避的宿命。我是在结识了我先生后才认识大连的。我先生也不是大连人，但他对这个码头、这座城市却有着一种超乎寻常的热情。起初，我一直不明白其中的缘由。直到后来，当我从婆婆的嘴里听说了很多的故事之后，才知道了他的家庭在这个码头曾有过许多次的出发和抵达，才理解了这个码头这个城市对他有多么的重要。

当年，我公公婆婆就是从山东来这里的，但他们不是闯关东的难民，而是在抗战胜利之后进入东北的部队。我婆婆说，当年她和我公公所在的八路军一一五师的部分部队奉命从山东出发，乘船来辽东半岛这里上岸抢占东北。当时我公公负责在山东龙口组织部队渡海，我婆婆就从那里上了一个小火轮，就是俗称“气拍子”的那种船。婆婆说，小火轮“突突突突”地跑了一天一夜才跑到地方。那是我公公婆婆第一次在这个码头上停靠。

再一次停靠大连，就是在抗美援朝期间了。当时我公公带部

队从前线回国休整，上级安排我公公婆婆在大连八七疗养院休息几日。巧的是，我婆婆竟在这几日里就怀上了我先生。也就是说，我先生的生命最初就是在这里孕育出来的。怪不得我先生在还不知道自己身世的时候，就对这个城市有着一种先天的亲近感。

我先生知道自己的身世是在他18岁那年，也是在这个城市，也是在八七疗养院。没有事先的安排，一切都是巧合。正巧我婆婆来看望在大连当兵的儿子，正巧我公公在红军时期、抗战时期和解放战争时期的几位老战友都在八七疗养院，他们商量之后就开了个严肃的会，把我先生的身世告诉了他。我先生这才知道，当年，他父亲从这里再次出发之后，就牺牲在了朝鲜战场上，再也没能回来。我先生说就是从那时起他有了改变。我猜想这是因为他停靠在了一个精神码头之上，从这里又开始了新的出发。

我曾陪我先生去八七疗养院寻找过公公婆婆当年住过的那栋楼，因为婆婆只记得是在徐海东住的那栋楼前面，所以我们无法确定到底是哪一栋。我们最终也没能寻到那栋楼，但却在那个极具岁月感的院子里寻到了许多的浪漫，那一座座爬满藤蔓的西式小楼，那一个个精巧的山石小景，那一条条花木锦簇的幽深小路……没想到我先生生命最初的码头，竟是如此浪漫的一个地方，难怪我先生与大连相处得那么自如。

我则不然，我在与这个城市的相处中常常显得自相矛盾。大多数的时候我很享受这个城市的浪漫，享受她的绿地草坪，享受她的突发奇想，同时也享受她给自己和我带来的所有虚荣。但我仍旧无法忍受她把爱美和讲体面的特性极端外化，过于放纵了浪漫。虽然，我看到大连趁着好时光把自己的浪漫天性发挥到了极致，的确是出落得越来越漂亮了。但每当她浪漫得太过恣意时，我还是会心里发紧，为她担着心，还有点替她不好意思，生怕再弄出一个新版的“苞米面肚子，料子裤子”的故事。

如今，要讲述在大连街巷流传甚广的那个“苞米面肚子，料子裤子”的老故事还真有点费事。你得先交代这个故事是发生在从前那个吃不到细粮，只能年复一年地啃苞米面大饼子的年代。故事说的是那个年代的一个大连女人，穿着漂亮的料子裤子去上班。料子裤子吸引了一路的眼球，人们纷纷向她投去羡慕的目光，

赞美她的富有和美丽，那女人于是很展扬（“展扬”是大连话，里面包含着展示、得意、张扬等诸多意思），谁知她只顾得展扬自己了，一不小心跌了个大跟头，只见包里的饭盒摔落到地上，从里面滚出来的中午饭竟然只是几个苞米面大饼子。这一下可露馅了，众人恍然大悟，原来她和大家一样也是个苞米面肚子，只不过是她从嘴里克扣着，省下钱买料子裤子穿了。

最初听到这个故事时，我大笑，很有些幸灾乐祸的快感，好像终于找到了一个出口来释放心里的什么东西。我不得不承认自己不能免俗，应了拉罗什富科的那句话：“我们难以忍受别人的虚荣，是因为它伤害了我们的虚荣。”但这个“苞米面肚子，料子裤子”的故事倒印证了我对大连人“讲穿不讲吃”的看法是共识，而不是我个人的偏见。我相信这个故事肯定是杜撰的，但杜撰这个故事的家伙真的很会抓细节，一个“苞米面肚子，料子裤子”就把大连人爱美、讲体面的特性展露无遗。

让我后来一直不好意思说出口的是，在那次大笑之后，料子裤子却趁机钻进了我的心里。没过多久，我就买了我的第一条料子裤子，25 元钱，花掉了我近半个月的工资，而这个数字超过了当时许多大连人整整一个月的工资。我不知道这算不算是我与这个浪漫城市的第一次和解。但我相信，与一个城市长期相处，这个城市的性格总会潜移默化地影响到你，无论你喜欢还是不喜欢。

我是在整个人松弛了许多，宽广了许多之后，才逐渐理解了大连人“苞米面肚子，料子裤子”的浪漫。浪漫是一种超越物质的精神追求，它就应该是飘在天上的，就应该是不切实际的。用超出一个月的工资买一条料子裤子穿，这种追求虽然看起来有点不靠谱，但它满足的是人的精神。我们总以为吃大饼子的时候，不应该追求料子裤子的光鲜。其实我们错了，正因为吃的是大饼子，正因为所追求的距离格外遥远，才更显出了追求的勇气和难能可贵，才更显出了体现在追求后面的那个坚实的东西——尊严。

我母亲的那个家族散落在大连的海边，姥姥在世时一直维系着家族的习惯，可以没吃没喝，但每个人必须得有一套出门见人的衣裳。母亲把姥姥的家传毫无保留地承袭了下来。虽然日子越来越好，早已不需要留一套衣裳来遮盖清贫，维持人前的尊严了，

但只要有新衣服，母亲还总是习惯地收起来，说要留着出门时再穿。我无数次地笑问母亲，都这个年纪了什么时候还能出远门？母亲不吭。那时母亲的身体已经不可能远行了。但每次走出家门，无论是取一份报纸还是一瓶牛奶，无论是十分钟还是一个小时，母亲都要认认真真地把自己收拾停当。每当这时我就会感慨，母亲可真是个地地道道的大连人。

有一次我去大连作家孙惠芬家聊天，因为是突然动意，就没提前打招呼。进门后才发现，她九十岁的老母亲在家。我与她的老母亲也很熟，见过许多次面了，所以就没太在意。坐下说话，却觉得历来安详平静的老人今天不知为什么有点惴惴不安。后来，趁我和孙惠芬说话的时候，老人悄没声息地离开了客厅。见我不解，孙惠芬悄悄地笑，说我突然闯进来，老人肯定是因为没来得及换衣服感到了不安，觉得这样见人太不体面。孙惠芬说她应该是回屋里换衣服去了。果然，再进来时，老人的身上换了件出门时才上身的体面衣服。九十岁的老人家一字不识，但当她从容地拽拽衣角，端庄地坐下来的那一刻。我突然明白了，这，就是文化，大连人代代相传的文化。

有了对地方文化的认同，与这个城市的相处就容易了许多。其实在大多数情况下，人对城市都无所谓爱与不爱，如同对人一样，爱也只是爱她的某些好，不爱也只是不爱她的某些不好，只要相处舒服就行。在我看来，要真正地爱上一个城市其实是很难的，城市太大人太小，你根本无法与城市对视，因为城市从来不与个人对视，你在城市身上无法找到那双与你对视的眼睛。你试图得到城市的爱，想进入城市的肌理，但你会发现自己无论怎么努力，也只能穿行在城市的皱褶之中，听得见她的呼吸，闻得到她的气味，但却始终猜不透她的内心，拿不准她是不是真的爱你。不对等，这就让每个单独的人在与城市的相处中都处于劣势，都会或多或少地有压迫感和无助感。所以，我从不相信那些泛泛表达热爱的文字，再漂亮也只是一厢情愿的奉承，过嘴但不过心。我倒宁愿相信那些品味或挑剔城市细节的文字，起码里面透着真诚。

如今，我已经习惯了这个城市，习惯了这个城市的浪漫。但真正被这个城市的浪漫所折服，还是因为15库。

第一次听说15库，是从女儿嘴里。我想找个素食餐馆，女儿不经意地说了句15库有。我问什么15库？女儿说就是海港15号仓库。我问码头的仓库怎么会有餐馆？女儿说何止餐馆，艺术中心、咖啡厅、酒吧什么都有。我很惊讶，问15库到底是个什么地方？女儿说，是个新开发的娱乐休闲中心。再问，女儿就笑了，说你自己去看看不就知道了嘛。

我就去了，带着好奇，也带着不忿，因为我听出了女儿话音里透着那是年轻人地界的意思。

这真是一个巨大的仓库，仓库的外墙保留着粗粝的外表，没做任何画蛇添足的装饰。仓库前的广场中间，一台锈迹斑斑的吊车卷扬机部件伫立在高台上，在供人瞻仰的同时，无声地提醒着人们，这是一座工业文明的历史遗迹。进得门来，先是看到了几百幅大连的老照片。在这里，我知道了15库的前世今生，知道了这座建于1929年的码头仓库，是当年东亚建筑面积最大、机械化程度最高的码头仓库，曾号称“东亚第一库”。据说，当年这座仓库的内部就配有三部三吨的客货两用电梯，还配有十台两吨的库内吊。不仅如此，在这座仓库的四层，竟然还设有一个近五百平方米的保温库。2006年，大连市在对港区进行改造时，把15库作为历史建筑保留了下来。我不知道是谁最初提出了这个设想，把15库改造成集文化艺术、主题会所、餐饮娱乐为一体的创意产业园。真该好好感谢这个人，他竟然能想到把一个冰冷生硬的工业遗迹，改造成一个充满了艺术气息和生活情致的温暖去处。我想，他应该是个浪漫的大连人。

在15库一楼的“城市记忆”主题餐厅里，我邂逅了一位浪漫的大连人。说他浪漫，不是因为他的餐厅里充满了城市的历史记忆，是因为他向我展示的一件宝贝——沙皇的马车。这是按照俄国沙皇的马车仿制出来的一个大型木制马车，仿制者就是他和他的木匠。他告诉我，在俄罗斯见到这辆马车的那一刻，他立刻就被征服了。他懂得木匠，知道做这样一辆马车需要多么精湛的手艺。此后，他对这辆马车念念不忘，多次带木匠去俄罗斯观看，回国后亲自画图，与木匠一起研究制作，历时几年，才终于做出了这辆马车。现在，这辆充满了历史感的豪华马车，就摆放在他的餐

厅的门口，提醒着人们对这个城市的最初记忆。

15库伫立在海边，阶梯状的建筑一层层伸向海水，几乎伸手就能触摸到停靠在那里船只。曾几何时，这个码头机器轰鸣，每天都承载着无数的出发和抵达。现如今，这里海面平静，海鸥翱翔，音乐低回，咖啡飘香……

站在15库的露台上凭海临风，我看到大连正从这个新的码头起航，开始了又一次满载希望的出发和抵达。

# 春风过海

*Chun Feng Guo Hai*

起 航　　大连远洋运输公司

——国际航运中心建设 **10** 年、航海日获奖摄影作品

坦 途　　吕明胜

神兵天降　　刘立才

# 春风过海

*Chun Feng Guo Hai*

油品码头　　王琦

——国际航运中心建设10年、航海日获奖摄影作品

列队待检　　夏平原

待发　　大连港集团有限公司

# 春风过海

*Chun Feng Guo Hai*

暮色归航　吕明胜

——国际航运中心建设 **10** 年、
航海日获奖摄影作品

繁忙的大窑湾集装箱码头　佟晓冬

# 春风过海

*Chun Feng Guo Hai*

繁忙　大连港集团有限公司

——国际航运中心建设 **10** 年、
航海日获奖摄影作品

港连五洲　　朱吉春

桥北新貌　　柯玮

# 春风过海

*Chun Feng Guo Hai*

身披海冰的引航艇　　佟晓冬

——国际航运中心建设10年、航海日获奖摄影作品

出 征　中床国际物流集团

超 忙　大连港集团有限公司

好运航站　　刘刚

# 春风过海

*Chun Feng Guo Hai*

仓顶之夜　　杜润文

——国际航运中心建设 **10** 年、航海日获奖摄影作品

无声繁忙　　文雪

钢铨交响　　苏子龙

# 春风过海

*Chun Feng Guo Hai*

火树银花　王永平

——国际航运中心建设10年、航海日获奖摄影作品

合力　靳国琨

# 春风过海

*Chun Feng Guo Hai*

要道1　孙丕华

要道 2　孙丕华

大窑湾雾　佟晓冬